夜空里，星光在闪烁了。

看啊，夜空的星星多么灿烂!

寂寞啊，真的是寂寞，

但哪里能看到这样灿烂的夜空呢?

这里。

在寂静无边的太空里，

光是星星的语言，

可以看到的语言!

阿金心满意足。

周静

著

遥远的
花溪村

Yaoyuan de
Huaxicun

明天出版社·济南

图书在版编目（CIP）数据

遥远的花溪村 / 周静著. — 济南: 明天出版社, 2021.4
ISBN 978-7-5708-1038-3

Ⅰ. ①遥… Ⅱ. ①周… Ⅲ. ①长篇小说－中国－当代 Ⅳ. ①I247.5

中国版本图书馆CIP数据核字(2021)第062916号

Yaoyuan de Huaxicun
遥远的花溪村　周静／著

选题策划／徐立莎　**责任编辑**／徐立莎　**装帧设计**／武岩群
彩色插图／王笑笑　**黑白插图**／CheongKi工作室

出 版 人　傅大伟
出版发行　山东出版传媒股份有限公司
　　　　　　明天出版社
　　　　　　山东省济南市市中区万寿路19号　　邮编：250003
　　　　　　http://www.sdpress.com.cn　http://www.tomorrowpub.com
经　　销　新华书店
印　　刷　济南乾丰印刷有限公司
版　　次　2021年4月第1版
印　　次　2021年4月第1次印刷
印　　数　1－10000
规　　格　145毫米×210毫米　32开　4插页
印　　张　6.875
字　　数　100千字
书　　号　ISBN 978-7-5708-1038-3
定　　价　28.00元

如有印装质量问题　请与出版社联系调换　　电话：0531－82098710

目 录

第一章 溪村来了新老师 / 001

第二章 桐子的算术题 / 021

第三章 青凤送来阿婆的邀请 / 035

第四章 教案被偷了 / 051

第五章 火把点点，盛装相迎 / 065

第六章 画出山河与村庄 / 083

第七章 大雨哗啦哗啦下 / 103

第八章 山路上的板栗树 / 121

第九章 踏月而行，咚咚锵 / 131

第十章 云板、蘑菇和柿子 / 155

第十一章 守护溪村的凤鸟 / 175

第十二章 满村花开，金凤自来 / 189

第一章

溪村来了新老师

1

月光照亮山岭。

山林里偶尔冒出夜鸟的一声鸣叫。泉水从山间的石缝里冒出来，发出好听的叮咚声。这是一个不小的泉眼，泉水顺着山势往下流淌，成了一条山溪，穿过一个小小的村庄。

村庄已经入睡，没有一点火光。夜行的猫走

过某座屋檐。吃饱了的猪在睡梦里哼了一声，惊得睡在门口的狗竖起耳朵。

村庄的东边，从一条宽宽的山道绕过去，是一座小小的学校。校舍共有三间，校舍的右边有一间小屋子，那是老师的宿舍。

前两天，宿舍还空着。

现在呢？

当然不空，开学了，新来的女教师阿金已经住进了小屋。

月落日升，晨雾在山间飘荡。

嘭嘭嘭——学校宿舍的门被轻轻敲响。

阿金放下手里的梳子，走过去打开门。

"阿金——"门外站着一个小女孩，手里捧着一把开得正好的栀子花，歪着头看着她笑。

"青凤，早啊，"阿金也笑，"你得叫我老师。"

"老师。"青凤很乖地喊了一声，然后把花举起来，说，"阿金，看，栀子花，送给你。"

阿金的屋子里养着两碗栀子花（对呀，栀子花养在粗白瓷碗里，真好看），满屋子都是香的。那是青凤之前送来的。

阿金接过花，蹲下来，问："青凤，你为什么总送栀子花给我？"

"阿金一来，天就晴啦！天一晴，栀子花就好香好香啊。"青凤笑了，笑得眼睛眯起来，她做了个踮起脚摘花的样子，"我能摘到栀子花。"

是这样吗？

阿金收到过学生送的花。在城市里的一所小学实习结束前，学校组织学生会干部带着几捧花，送给她和一起来实习的老师。他们系着红领巾，在那个整齐、明亮、有空调的办公室里，行队礼，献花。周围有人拍照和鼓掌。花包在一层又一层华丽的包装纸中，她手足无措地把它们抱在怀里，只觉得脸发烫，很不好意思。从孩子们那娴熟的动作中，她知道，那花是送给她的，但也不是送给她的——每一年，任何一个实习的老师都会收到这样一束花。

"阿金——"

"你得叫我老师。"

"老师——阿金，这是我们家屋前开得最好的栀子花。小龙帮我搬凳子，我踩着凳子才摘到的。我下凳子的时候……"青凤又咯咯笑起来，笑得腰都弯了，"我……我们……我们家的鹅……"她笑得快说不出话来了。

阿金发现青凤笑起来的样子特别好看。阿金看着她笑。

"我们家的鹅……扑……"

阿金好怕她被自己的笑声噎到，轻轻拍拍她的背。

"我们家的鹅扑过来……把小龙吓得……吓得钻到了……"她笑得更厉害了。

有那么好笑吗？阿金笑着捏捏她的脸颊。

"吓得钻到柚子树下……树上的母鸡拉了一泡鸡屎，正好掉到他脸上……臭臭臭……臭死啦！"青凤总算把话说完了。

阿金愣了一下，也大笑起来。

她们的笑声回荡在阿金的耳边。这笑声似乎和清晨的朝霞一起，驱走了她夜晚的担忧和害怕，让她的心情也明亮起来。

大山在晨光里恢复了绿意，鸟雀们欢快的叫声萦绕在耳边。这里有清脆的鸟叫、湿润的空气，有青凤这样的孩子和他们的笑声……这里有其他地方没有的东西。不管怎样，这都是一个让人心情愉快的早晨。

2

青凤的哥哥是三年级的小龙，那个虎头虎脑的男生。他只在头顶留着一小撮头发，这撮头发很长，编成一个细细的小辫子垂在脑后。

小龙低着头，正局促不安地站在阿金面前。

阿金头疼地看看窗户上破裂的玻璃，拿来扫帚，把地上的玻璃碴扫干净。

没人告诉过她，当老师还得为玻璃操心，书上也没说过。她知道，在这个大山深处，要换一块窗玻璃绝对不是一件简单的事情。

"老师？"

"嗯？"阿金看到小龙伸过来的手，愣住了。

"老师，我犯错了，你打吧。"他说着闭紧了眼睛，脸红红的。

阿金在心里问："小龙是怎么打破窗玻璃的？"

"他在窗边偷看栀子花，一个没站好，摔到窗子上，玻璃窗啪一下撞到墙上，破了个大洞……"一个男生站在教室外面，喊道。也不知他是怎么知道阿金内心的疑问的。

小龙低头捡起一个土坷垃，用力远远地扔了过去。

"小龙！"

这时，阿金想起青凤说过的话——"树上的母鸡拉了一泡鸡屎，正好掉到他脸上……臭臭臭……臭死啦"，没忍住扑哧一声笑出来。

小龙吃惊地抬起头："老老老……老师，你笑啦！"

他的脸干干净净的，没有鼻涕印子，没有泥印子，更没有青凤说到的鸡屎印子，今天，他简直是格外干净。

"小龙，每天都要这样干干净净的。"

小龙皱起眉头，嘟起了嘴，不情愿地点点头。

"好了，回教室吧。"阿金看看桌上的小闹钟——这是她到学区报到后，学区配发给她的，来到这里她才知道，这个小闹钟真是太重要了——快要上课了。

小龙疑惑地看看她，突然用力鞠了一躬，说："老师，我会赔您的！"

阿金笑着摇摇头。怎么赔呀？难道村里能买到玻璃？不可能！她提醒自己记得量好尺寸，放假时去镇上买一块玻璃回来。

大家肯定都知道了窗玻璃的事。不管是一年级、三年级，还是五年级的孩子，这一天，都格外听话，下课不往山里钻，让写作业就写作业，让做题就做题，让读课文就把课文读得老响，响得阿金在隔壁都没法儿上课了，只好过去让他们小声点。

放学了。阿金一边敲响挂在屋檐下的铜铃，一边想：要是大家能天天这么听话，我愿意把自己的窗玻璃全部贡献出来。

上学时的学校有多么喧闹，放学后的学校就有多么寂静。声响似乎都随着孩子们回家去了。阿金听到村庄里响起格外欢快的狗叫声。那是一家家的狗子接着了它们家的孩子。学校后面，泉水顺着一节一节的竹竿汩汩流进水池里，又从池子中溢出去，往山下流去。水池边长着一丛山菊，不知道花开得怎样。

时间还早，阿金闲着无事，就朝水池方向走去。

她特别喜欢这个水池。说是水池，其实更应该说是一个天然的小石潭——一层层岩石凹下去，形成了一个小石潭。水从石潭里溢出来，经过那丛山菊，然后流进一片草地不见了，只能听到细细的咕嘟声。

这丛山菊开得正好，小小的花朵鲜艳夺目，有黄的，也有白的，绿叶衬着，摆在屋里一定好看。她伸出手去，却想起了青凤送来的栀子花，要是这个小丫头明天看到屋子里的山菊，会不会认为自己不喜欢她的栀子花呢？

栀子花很香，是夏天的香味，她很喜欢。

阿金缩回手。

"阿金——阿金——"

说青凤，青凤就到。

"唉。"阿金应了一声，赶紧站起来，快步往屋前走。

她愣住了。屋前站着三个人：青凤，小龙，还有一个揪着小龙耳朵的大胡子山民。

"老师（实际上他喊的是'老兮'，这里的人喊'老师'都喊成'老兮'）——"大胡子山民喊道。他声音真大，一开口整个操场都仿佛震动了。

阿金羡慕地眨眨眼，心想：我要是有这样的嗓子，谁还能不听课呢？想不听都不行！

"阿爸，她叫阿金。"青凤转头对大胡子阿爸说。

"没大没小，不讲礼貌，叫老师！"大胡子阿爸朝青凤说了一句，又看着阿金，"阿金老师……这兔崽子……砸了你的玻璃……你你你……你罚他！"他用力揪了揪小龙的耳朵，小龙踮着脚哎哟哎哟地叫唤起来。

"你你你……你松手。"阿金看到小龙眼泪都冒出来了，赶紧说。

"唉。"大胡子阿爸痛快地应了一声，松了手。

"不用罚，我闹清楚了，玻璃没关系，他不是故意的。"

"我明天给你去镇上买玻璃。"

阿金吓了一跳。从山上到镇上，来回一趟得耽误一天工夫。她从小在农村长大，知道农夫们是怎么干活的。从早到晚，农夫们很少有歇息的时候，没急事，要抽一天空出来，得前后盘算好几天。一块玻璃的事，实在犯不着。

"不用不用，"她手摆得飞快，"等到放假，我要下山去，到时从镇上带一块玻璃回来。"

没想到，大胡子阿爸的眉头皱紧了，连声问："老师你要下山？"

"对呀。"阿金说，"晚上凉……放假了，我得回家一趟，再拿些行李来。"

"哦哦哦……拿行李啊，哈哈哈——"大胡子阿爸突然一阵笑，"拿行李好，拿行李好……"

阿金看着他，只好也笑。青凤和小龙的这个大胡子阿爸，真是个有点奇怪的人。

"老师，"小龙喊道，"我会赔您的。"

阿金不在意地点点头，说："快回家吧，早点把作业做了。玻璃的事，没事。"

"老师，小龙……你不罚，我回去一定罚他。"大胡子阿爸嘿嘿笑。

阿金看看小龙，小龙的耳朵红彤彤的，像深秋的柿子一样红。她叹了口气，说："我来罚吧。小龙，把今天学的生字多抄一遍。"

小龙的眉头紧皱，抗议道："老师，我阿爸罚我锄一块地，好大一块地，我没时间多抄生字啦。"

"听老师的！"大胡子阿爸说。

"我宁愿锄地。"小龙嘀咕道。

大胡子阿爸一挥手，拍了小龙一巴掌："听老师的，送你到学校就是让你听老师的话。"他又转头看向阿金，说道："老师，我一定盯着他抄生字。"

"不不不，让他锄地吧，一小块地就行。"阿金又摆手道。生字会默写了就行，抄那么多干吗呢？在地里干点活，长点力气，也行。

"行，听老师的。"大胡子阿爸爽快地应了一声，带着兄妹俩告辞。

阿金看着他们走出校园，沿着山路拐了一个弯，不见了。

3

天色渐渐暗下来，阿金生火煮了粥，就着余火烤了一块糍粑（糍粑是她从镇上买的，她爱吃糍粑，又糯又香，管饱还方便）。吃饱了，她坐在门槛上看山野。山野暗成灰蓝色，天空却还亮着晚霞的最后一抹余晖。

起风了，树枝摇摆，枝叶哗啦哗啦响。鸟雀在叫。一只什么鸟扑棱棱落在校舍的屋顶上，跳了几步，又扑棱棱飞走了。村子那边传来几声狗叫，被风吹着，消散在山野里。

该点灯了吧？

可是一点灯火也看不到。对面山上，树林已经成了灰蓝色。那些树木一棵挨着一棵，彼此都是朋友吧？树林里有什么呢？

山里会有鬼怪吗？

阿金回头看看，那被打破的窗子露出一个黑黑的洞，晚上一定得用什么糊上。她觉得有些冷，抱紧了胳膊。

明天的课还没有备，但阿金不想动。她看着这片山野。她从没想过自己有一天会来到这样一个地方当老师，没有前辈，

没有同事，整个学校只有她一个老师。她要从孩子们到校一直忙到放学（幸好一天放两次学），差不多要一刻不停地说话，好累啊。

离家这么远！

这个时候阿妈在做什么呢？

她心里突然涌上一阵委屈，眼泪跟着就冒了出来，吧嗒吧嗒滴在衣襟上。

也不知哭了多久，她再抬头时已满天星斗，屋里的栀子花散发着淡淡的芳香。

突然，黑暗里传来一声响。

"谁？"

"阿金。"

青凤！她这么晚来学校做什么？

青凤走过来，手里提着一个提篮。天色太黑了，阿金进屋一扯开关，灯没亮。她只好摸出蜡烛，点上。

烛光里，阿金看到青凤的笑脸，她自己都没察觉到，那空落落的心一下子满了。

这孩子的笑脸真好看，她想。

"你一个人过来的吗？"阿金问。

"还有阿笨。"青凤说。

"汪——"门口的一只狗叫了一声。

"阿笨，嘘——"青凤说，她把手里的提篮放下来，从里面拿出一摞纸，"阿婆给你的，糊窗子。"

纸有些厚，糊窗子正好。阿金很高兴。

青凤蹲下去，从提篮里拿出蘑菇、板栗，还有一个小罐。

"蘑菇是我摘的，板栗是小龙打的，这个——"青凤拿起小罐，停了停，才把小罐递给阿金，"是阿妈送给你的。"

"这是什么？"阿金接过小罐，闻了闻，有一股混杂着花香的甜蜜味。

"蜂蜜。"青凤吞了口口水。

阿金笑了，她把蜂蜜放进提篮，把板栗放进提篮，把蘑菇也放进提篮，然后拍拍青凤的脸："好了，纸老师收下，替我谢谢阿婆，这些你都带回去。"

青凤看着阿金，疑惑地皱起眉头，眨眨眼，又眨眨眼，突然一瘪嘴，眼泪咕噜咕噜滚下来："阿金，你不喜欢我吗？"

怎么会不喜欢呢？阿金吓了一跳，她很喜欢青凤啊！

"你为什么不收下我带来的礼物？只有不喜欢，才不收……呜呜呜……"那只叫阿笨的狗走进屋里来，看看阿金，然后走到青凤旁边，冲青凤摇着尾巴。

是这样啊！

"那那那……"阿金赶紧说，"我收下我收下。"她看看四周，屋子里的陈设很简单：一东一西各一窗，东窗下有一张桌

子（除了书和本子，桌上还摆着一碗栀子花），桌子边放着一把椅子，床挨着西窗，窗边有一个木柜子（柜子上摆着一碗栀子花），离门不远处有一个火塘（晚上的粥就是在这里煮的，糍粑也是在这里烤的），火塘边有三把矮脚凳（一把矮脚凳上摆着一碗栀子花）。

实在没有什么可以当成礼物回赠的东西呀，阿金有些犯难。

青凤笑了，她把提篮里的东西重新拿出来，放成三小堆："阿金，这个蘑菇煮汤很好喝呢。"

"哦。"阿金不知道说什么才好，"青凤，谢谢你，也谢谢小龙、阿妈和阿婆。"

青凤摆摆手，拿起提篮："走吧，阿笨。"

月光照亮山岭。阿笨走在青凤的旁边，紧挨着她。

要是自己也有条狗陪伴就好了，阿金想。她叹了口气，进屋把阿婆送的纸裁下一块来，糊在窗子上。纸面凹凸不平，有些粗糙。

远处传来青凤的歌声："月光哟——堂堂啊，花花儿香！"

她反复地唱着，清甜的嗓音在山间回荡。这孩子，不仅有个爱笑脸，还有一个好嗓子呢。

4

不知道是什么蘑菇，很香。

在蘑菇的香味里，阿金睡得很沉。

"阿金——"

"老师！"

"老师！"

"阿金！"

阿金猛然惊醒过来。

阳光透过窗户，在地上投下金黄的一大片。孩子们围在窗户外。桌上的小闹钟正当当当地响着。

她有些蒙，这些声音似乎离她很近，又似乎离她很远。

"你们别吵！"她听到青凤说，"阿金，你该敲铃啦！"

敲铃？上课！

"该死的！"阿金忍不住懊恼地骂了一句，起来打开门，"大家都进教室去，上课了，先读课文……"

"敲铃，阿金，敲铃！"青凤喊道，手里举着敲铃的小棒。

阿金看着她。

敲铃是什么重要的事情吗？

似乎是。

阿金赶紧拿过小棒，跑到校舍那边。

当——当——当——上课铃敲响了，孩子们拥进教室。

好一会儿，阿金才出现在讲台上。她没有拿书（她昨天太累了，结果忘记了备课）。阿金记得在实习的学校里，听一位老教师上过一堂课，那堂课的名字叫"我的家乡"。"你如果想了解一个地方，就应该听孩子们来说说他们的家乡。"那位老教师说。

"一年级的孩子转过来。"

这间教室有两块黑板，北边的那块是一年级的黑板，南边的那块是三年级的黑板。这两个班的孩子同在一间教室里上课。现在，阿金正站在南边的那块黑板前。

"小龙，你去把五年级的孩子也喊过来，搬上凳子。"

小龙应了一声，跑出去。很快，五年级的孩子就过来了。教室里闹哄哄的，大家都很兴奋。

她看着孩子们。"今天，我们一起上一节课。这节课的内容是——"她顿了顿，看看窗外，才接着说，"我的家乡。"

五年级的一个孩子（阿金后来才知道他叫杉果）举手了。

阿金点点头。

他站起来，问："老师，是要我们写作文吗？"

"不。"

五年级的孩子低声欢呼起来。男孩又问："那我们要做什么？"

"问得很好——向我介绍你们的家乡。"

"阿金——"青凤站起来喊道。

"青凤，你得先举手，得到允许后再站起来说话。"

青凤很乖地坐下去，举起了手。

阿金冲她点点头。青凤站起来问道："阿金，家乡是什么？"

"家乡就是一个人出生、长大的地方。"

小龙举手。"阿金，我们的家乡就是溪村，对吗？"他问。

"很对！"阿金笑了笑。

"我不住溪村。"另一个男孩（他有一个嘎嘣响的名字——蚕豆）举手站起来说，又冲窗外努努嘴，"老师，我在那边的山里出生、长大。我是不是和他们不是一个家乡呢？"

一年级有个女孩红了脸，也站起来："我和蚕豆是一个家乡的。"

"家乡是一个比村庄更大的词，它包括溪村，也包括你们的山野……"阿金想了想，说，看到男孩和女孩眼睛亮闪闪地看着她，她咧开嘴笑起来，"你们共有一个家乡。"

男孩们欢呼起来，女孩们也笑起来。

"家乡不仅是指一个地方，还包括这个地方上的生活、生活在这里的人。人们要做的事情、常过的节日、喜欢的食物等等，都是家乡的一部分。"阿金说，"谁先来说说自己的

家乡？"

孩子们你看看我，我看看你，一边笑，一边相互推搡起来。

"青凤，你来说说。"阿金说。

青凤站起来，偏着头想想，问："阿金，我可以说花吗？"

阿金点点头。

"我的家乡叫溪村，也叫花溪村，有好香的栀子花，还有桃花、梨花、李花……"

"山菊！"小龙喊道。

"指甲花。"蚕豆说。

花名此起彼伏地在教室的各个角落响起来。孩子们说的都是乡村常见的花，不过种类可真不少。这儿的山是什么山？花山吗？阿金一边想一边笑："能说点别的什么吗？比如习俗啊……"

"阿金，习俗是什么？"青凤问。

"习俗啊……"阿金卡住了，"习俗就是……习俗就是你们习惯做的事情，比如怎么把山里的物产做成好吃的食物（她想到了糍粑，同样都是用糯米做的，但这里的糍粑比她老家的糍粑更瓷实），怎么过重要的节日……"

没想到引来的问题更多了。

"老师，踏月是习俗吗？"

"老师，山里的果子和蘑菇是物产吗？"

"老师……"

5

阿金坐在门槛上，小口小口地喝着蘑菇汤。

原来这种蛋黄色的蘑菇叫鸡油菌，多生长在林子里。要是雨后去，能采到更多呢。要是运气好，还能遇上蘑菇圈。蘑菇圈啊，一说起来就有一种小矮人围成圈跳舞的味道。这山里可真有意思。

她瞅瞅晒在窗户外边的板栗。新鲜的板栗晒一晒吃起来更甜，也更好剥去里面那层薄皮。阿金还没见过板栗树呢。

她看着对面的山。有孩子说，对面山上有一汪泉，泉水甜得很。他还说，在对面的山尖尖上住着一户人家，那是他小姑家。原来对面山上也住着人家呀。虽然看不见，但晚上肯定也会有灯火亮起的。阿金看着对面的山觉得亲切了许多。

碗里的蘑菇汤已经喝完了，她起身还想去盛一碗。突然，她愣住了，眯缝着眼睛仔细看：糊在窗上的纸泛着柔和的米白色，纸上有松针、花瓣，还有圆的、窄的树叶和草叶。

"呀！"她惊叹了一声。

第二章
桐子的算术题

1

早上打开门，阿金总能在门口找到一些东西：几个西红柿、两根黄瓜、一把青菜，有时还会有一个早熟的橘子（山里的橘子熟得晚），或者一把用一片大叶子包着的被孩子们遗漏的浆果子。

不管她起多早，东西都已经被放在石板上了，带着清晨的露水。一次，不知是谁，不仅带来了

一串西红柿，还带来了这块石板。于是，这块石板就成了一个大大的托盘。

放学的时候，孩子们爱在阿金的宿舍门口玩。他们似乎为此争夺过，然后取得了一致的意见。每天都有不同的孩子留在这儿。他们也不需要阿金和他们说话，只需要门开着就行。男生们玩小木棍，玩打纸炮。女生们小声说话，翻手绳，做作业，还有一个叫珍朵的五年级的女生正在用彩色的线绣三角形，她说，那是山。

青凤常在。她常常坐在门槛上。

阿金在屋里批改作业、备课，青凤坐在门槛上，其他孩子在门外玩。

青凤坐在门槛上干什么呢？有时看书，有时看山，有时看阿金，还有些时候，她也不坐，去和其他孩子一起玩。

阿金喜欢他们留在这儿。上学的时候，她常常觉得嗓子受不了，可一放学了，那寂静一下就把时间拉得老长老长，唉！

"你又在清嗓子。"青凤说。

是吗？好像是的。阿金清清嗓子，吞了口口水。

"你嗓子不舒服吗？"

"有点。"阿金头疼地看着作业本上红笔画下的痕迹，这么多错误！她有点生气。一个男孩从门口跑过，她看到了他。

"桐子！"她很得意，自己已经能叫出大多数孩子的名字。

桐子猛然刹住了脚步。

"过来。"

桐子左右瞅瞅，走到门口站住了。

"进来。"

桐子走进屋。

"错误太多了，"阿金把作业本递给他，"把这些题重新做一遍。"

"老师，我……不会……"

"看，看这个题。362减353，差是多少？"

桐子看看那个打在15上的重重的叉，犹豫了一下，说："15。"

"怎么会是15呢？"阿金觉得有些头大，"你列竖式计算了吗？"

桐子点点头。

"你算给我看。"

桐子写好竖式。阿金看到他把个位上的2和3相加，用十位上的6减去5，百位上倒是没多做什么，得数是15。

"明明是减法，怎么用2去加3呢？"这样计算真是太奇怪了！

"2不够减3的呀。"桐子理直气壮地说。

阿金捂住脸。青凤在门口咯咯笑起来。

"我上课的时候，你在做什么？"阿金用手撑住头，问。

桐子偷偷看了一眼阿金，头低得低低的。

"他在搓草绳。"门外一个声音答道。

阿金想起来，最近学校的男孩似乎都很忙，有搓草绳的，有捡破烂的，有上山捡果子、摘草药的……她见过好几个男生把一种果子带到学校里来，下课后坐在那里给果子剥壳。山里很多孩子放学后都有活计要干，或许是家里的事情太多，他们便带到学校里来了，阿金不阻拦他们，但是……

"干活影响学习是不行的！"阿金严肃地说。

桐子的头又低下去了几分。

她叹了口气，拿出数学书，一边在纸上列竖式，一边把今天学的内容重新给他讲了一遍。讲完，她问："明白了吗？"

桐子迟疑着点点头，又摇摇头。

"562减553，差是多少？"

桐子看着她。

阿金想了想，问："比如你有562米草绳，剪去553米，还剩多少？"

"老师，我没有那么长的草绳。"

门口一阵哄笑。阿金这才注意到，孩子们都堵在门口了。

"老师，562米是多长？"

"很长很长。"

"得有山路那么长吧？"

"老师，我们没有很长很长的草绳。草绳太长的话……"

"你别挤我！"

"你踩到我的脚了。"

"别吵，让桐子做题。桐子，你如果有562米草绳，剪去553米，计算时能出现加法吗？"

桐子摇摇头。

阿金闭上眼睛，深吸一口气，把上课的内容又讲了一遍。

"现在明白了吗？"

桐子犹豫着点点头。

"562减553，差是多少？"

沉默了一阵，桐子说："9。"

阿金刚刚才讲过，桐子答得还算顺溜。阿金又问："124减115等于多少？"

桐子拿过笔在纸上仔细算着。过了好一会儿，他犹豫着说："9。"

门口一阵欢呼。

阿金笑着点点头："下次上课认真点，把作业本拿回去，记得错题都要改正过来，去吧。"

桐子骄傲地走出门，大家簇拥着他，一窝蜂地跑去拿了书包，往村子那边走去。

"阿金，再见。"青凤说。

阿金摆摆手，看到那只大黄狗阿笨正在学校外面摇着尾巴。

2

门被敲响时，阿金正在煮粥。她发现，粥煮熟的时候，把青菜扯碎了放进去，再煮一煮，吃起来正好。

"谁？"阿金来不及把手里的菜叶子扯碎，只好一股脑塞进粥罐里，在衣服上擦擦手，去开门——只有她一个人在学校的时候，她还是习惯关上门。

"老师！"桐子站在门外，喘着粗气。

"桐子？"

"老师，快，到我家去。"

去别人家里？阿金不由自主地退了半步："老师有事呢。"

"老师——"桐子整日笑眯眯的，这会儿像是要哭出来了，"你不去，我阿爸阿妈就要吵起来啦。"

"啊？！"

"快，老师。"

桐子转身就跑，阿金只好跟在他后面。她一边跑，一边在心里嘀咕："我又不认识桐子的阿爸和阿妈，去也不管用啊。"

村子离学校挺近，他们很快就进了村。桐子带着阿金沿着

弯曲的路一会儿上一会儿下，绕进一个院子里。

"地都被你划烂了，你都没算出来……"

"你！你！你！"

"你还好意思说桐子没算对。"

"他对吗？他对吗？"

"你怎么知道他算不对？"

"你怎么知道他算得对？"

争执声从屋里冒出来。阿金停住了脚步。

"老师来了，"桐子喊道，"她知道对不对。"

屋里顿时安静了。一个胖阿婶走出来，满面笑容，一点不像刚吵过架的样子："老师，老师，贵客啊。快，他阿爸，再点一个灯。"

呀，就这跑过来的一会儿工夫，天就从半明半暗到全黑下来了呢。

"不用不用！"阿金赶忙摆手。这来电的日子少（她来学校，电灯还从没亮过呢），她都舍不得一次点两根蜡烛。

不过，桐子家点的不是蜡烛，而是油灯。阿金进屋的时候，正看到桐子阿爸在墙壁上支火把，火把多亮啊，这里比阿金那间小小的宿舍亮多了。

"老师——"桐子阿爸招呼道，圆圆的脸笑成一团。阿金在心里感叹："他长得和桐子好像啊！这么说好像不对，应该

是桐子长得好像他阿爸啊！"

"我去倒茶。"桐子阿妈用袖子擦了擦一把方凳，说，"老师你坐。"

桐子阿爸站在一边嘿嘿笑。

阿金拘谨地坐下来。还好，屋子里一点吵架的样子都没有了，不然，她可不会劝架。

桐子指着被炭笔画得黑乎乎的地面说："老师你看——"

"162－153"，后面写着"9"。

"24－15"，后面也认真地写着"9"。

"老师，你再看这里，'218－209'，等于'9'，对吧？"

阿金点头，笑起来。

"今天阿爸算账，阿妈说地都被他划烂了也没算出来。我呢，一算就都算出来了。"桐子越说越得意，"还有这里，'32－17'，等于'9'，对吧？通通都是'9'。"

什么？等下！

"32减……"

"17。"桐子说。

阿金正要说话，桐子阿妈端着茶进来了。不知是什么茶，闻起来似乎有点苦。

茶很烫，阿金把装茶的大瓷碗放在旁边地上。她说："桐子，你再列竖式算一遍。"

"唉。"桐子应得嘎嘣脆。他列好竖式，皱着眉头想了又想，在竖式的个位上犹豫着写下"9"。

"不够的往前一位借1，不能算成加法。记得草绳的例子吗？减法就是减去，不可能把其中一些又加进来。"

桐子擦掉"9"，想了一会儿试探着写下"5"，然后看看阿金。

阿金点点头："对。"

桐子笑了，在十位上写下"1"："老师，是15。"

"对吧，老师？"桐子阿妈站在旁边，插嘴问。

"对。"阿金用力点头。桐子阿爸也不知什么时候走过来

了，这会儿放松地大笑起来。他的笑声似乎是从肚子里冒出来的，一笑浑身都在震动。

桐子阿妈也长舒一口气："老师，你不知道，他阿爸啊，就怕算账，一算账他能头疼一晚上，我还得给他熬草药洗头，用热毛巾敷头，麻烦得很。现在，桐子会算数就好了。"

"这一节桐子基本学懂了，但还要做题，要巩固。"

"好好好，我们一定让他好好巩固。"桐子阿妈说。

阿金看看桐子："桐子，今天的错题都更正了吗？老师明天要看。"

桐子眨眨眼，做了个鬼脸，点点头。

桐子阿妈拍了他一巴掌："老师放心，今晚不让他干别的，就让他更正。"她摸摸桐子的头，接着说："好好更正，一会儿阿妈给你煎蛋吃。对了，老师啊，在我家吃饭啊。你坐你坐，我再煎两个蛋……没好菜招待，莫见怪啊。"

这怎么行！

在别人家吃饭，阿金可不习惯。再说，她的粥都已经煮好了，糍粑只怕冷了，还得再烤一遍，不过也很快的。一个人安安静静地吃饭，很舒服。

看到阿金像是要"逃跑"，桐子阿妈没有办法，从灶屋里拿出一个提篮，一定要阿金带上："不要客气啊……"

阿金脸红了，逃命似的跑出桐子家。桐子阿妈被逗得哈哈

大笑，赶忙告诉桐子："快送送，别让老师在村里迷了路。"

3

一路上，桐子都在说"老师你好厉害""你一来我阿妈就笑了""老师你是金凤鸟"，说得阿金笑个不停。她没想到桐子这么会说话。

幸好有桐子相送，阿金顺利地回到了学校。

桐子把他阿妈准备的篮子提来了。阿金一说"不要"，长着圆圆笑脸的桐子马上就像是要哭出来："老师你不喜欢我吗？"

阿金想起来，青凤送蘑菇来的时候，也是问过这样的问题。唉，这些孩子，怎么把"拒绝"和"不喜欢"混在一起呢！真是没办法。

篮子里有一块用纸包的什么东西，还有几个圆饼。圆饼似乎是用米饭做成的，晒干了，还染了色，怪怪的，阿金不知道怎么吃，把它们收进柜子里。那张纸里包的是腊肉，肥瘦相间，是一块上好的腊肉。

粥已经煮好了，可阿金还是忍不住重新添柴，切了一些腊肉放进去。陶罐里又冒出咕嘟咕嘟的声音，很快，腊肉香就透出来了。

好香好香，阿金觉得自己的鼻子都要贴到陶罐上去了。她不断提醒自己："耐心点，耐心点。"实在是忍耐不下去了，她给自己盛了一碗粥，呼哧呼哧吹着，吃得呼噜呼噜响。虽然青菜煮过头了，粥变得有些绿，但真的好吃呀。这是阿金吃过的最好吃的粥，也是阿金到学校以来吃过的最好吃的一顿饭。

吃饱了，阿金坐在门槛上看山野。

对面山尖尖上的那户人家在做什么呢？他们家是不是也有这样香的腊肉？肯定有。村里呢？阿金这才想起来，自从来学校，还没去村里好好逛逛呢。要不，去走走？

阿金笑了笑，摇摇头，碰到大人和孩子，要是打招呼，那多不好意思啊，还是这样坐着吧，坐在门槛上，安安静静，舒舒服服。

看，那边的天空亮起了一颗星。"东启明，西长庚"，那肯定是长庚星——这还是阿爷教给她的。

阿爷啊……阿金仰着头，努力不让泪水流下来，可泪水止不住啊。阿爷说，地上一个人，天上一颗星。阿爷是哪颗星呢？

"阿爷，我到山里来了……"阿金一会儿哭一会儿又笑起来，"我吃到腊肉了，你说的那个腊肉……真的好香……"

"阿金啊，你会喜欢山里的。"阿爷给阿金说山里的事时，总要加上这么一句。阿爷喜欢喝点米酒，他喝不惯村里酒坊酿的谷酒。其实，阿爷酒量不好。

阿爷的灯笼也扎得不好，竹篾扎出的洞眼儿有大有小。但他喜欢扎灯笼。阿爷说山里打火把的时候多，过节小娃儿才打灯笼，看着灯笼啊，他就能想起山里过的节日，想起山里的好日子。阿爷说，山里的灯笼匠扎灯笼的时候，都会在灯笼底部放根"留火"。"留火"其实是根细枝。要是有人想点个火呢，从灯笼底部抽出"留火"，点上就行。阿爷每次扎灯笼，都会插根"留火"。阿爷的"留火"是阿金帮着选的。"留火"要细，又不能太细，而且必须得干得透透的。

"阿爷，我好久没选过'留火'了……"

阿金想起来，她也好久好久没跟阿爷说过话了。她和阿爷关系好，一想起阿爷来心就痛，只好不想。

今晚，她怎么想起来的呢？只怪那腊肉太香了。

想着天上有阿爷教她认识的星星，阿金就舍不得进屋，舍不得关门。她坐在门槛上，看着天上的星星密密麻麻地冒出来。银河在那儿呢。阿金知道，宇宙中寂静无声，星星与星星之间隔得很远很远，它们靠光来"说话"。那一闪一闪的光亮，就是它们的语言。一束光在漫漫黑暗中遇到另一束光——阿金笑了——那是多么灿烂的相遇。

没有风，有那么一会儿，这片山野就像星空一样寂静。

阿金听得到自己的呼吸声。

她记得在一本书里看到过，在海洋中漂流的人能听到鲸鱼

的呼吸声。那么大的鲸鱼，呼吸声有多大呢？阿金有些惶然，她突然不知道自己是在宇宙中，还是在大海里，身边这片山野是真实存在的吗？怎么一点声响也没有？

她被自己的想法吓着了，一动也不敢动。

也不知过了多久，阿金看到了一点火光。火光在对面的山上跃动。妖吗？怪吗？

"月光哟——堂堂啊，荷花儿香！"

青凤的歌！歌词不一样，嗓音也不一样，但调调有些像。阿金觉得全身的血液终于重新流动起来了，刚刚吓得够呛。

"月光哟——堂堂啊，苞谷儿香！"那声音继续在唱，粗犷的歌声在山间荡开，"月光哟——堂堂啊，豌豆儿香……"

火光慢慢朝前走（那里肯定有一条山路），歌声也慢慢朝前走，就这样一样一样细数下来唱，从"荷花儿""苞谷儿""豌豆儿"一路唱到"稻谷儿""糍粑儿""洋芋儿""米花儿"，拐了个弯（山路啊，哪能不拐弯呢），火光不见了，歌声还远远飘过来。

米花是什么东西呢？

阿金也想唱歌了。唱什么呢？她好像从小就不会唱歌，老跑调。她想起来了，她来学校还没上过一节音乐课呢，这可不行！

可是，一个不会唱歌的人，该怎么上音乐课呢？

阿金头疼起来。她没心情看星星了，起身进屋去。

门关上，夜沉了。

第三章
青凤送来阿婆的邀请

1

　　第二天一大早，青凤就来了。她穿着开学那天穿的衣服——蓝黑的大褂和裤子，衣襟和袖口有着手绣的花纹，衣服上还有着平整的折痕，一看就是从箱子里拿出来的。刚开学那会儿，阿金还以为这是他们的校服呢。不同的是，青凤今天多系了一条绣花的围裙。

"阿金，"青凤说着，双手平举起一块织锦，"阿婆请你来我家食晚饭。"

"青凤，是'吃'晚饭。"阿金说，"晚上啊……"她有些犹豫，该怎么拒绝呢？

青凤笑了："老师，快收下织锦啊。"

"我不——"

青凤却把织锦放到阿金手里，然后拉拉阿金的衣服，示意她蹲下来："阿金，到我们家做客啊。"

阿金记得，这是她第一次收到来自村庄的正式邀请（去桐子家不算邀请，那算是"救场"），礼仪周到得让阿金觉得不好意思。那时，她还不知道这个邀请是多么珍贵，就像她不知道那块织锦所代表的意义一样。

那么漂亮的织锦摆在椅子上，阿金直犯愁。

这一整天，连上课她都有点心不在焉。三年级的数学课，桐子倒是帮了不少忙。

"减法里不能出现加法。"他说，"比方说，小龙，你卖蘑菇，卖出去了15个，能减10个加5个吗？"

同学们哄堂大笑，连一年级同学也笑了，蚕豆笑得格外响。小龙也笑，转转眼珠，摇摇头。从此，减法题中再也没有出现减一半加一半的答案了。虽然同学们的答案不一定都正确，但这种错误没有了。

阿金表扬桐子。桐子嘿嘿笑着摸摸后脑勺。

五年级的语文课上新课，阿金讲到一半才发现，她漏了前面一篇课文，直接跳到后面这篇来了。

"老师，先上后上有什么关系呢？反正是要上。"

"老师，先上这篇吧，这篇比那篇好看……"

上到一半又回头换课文肯定不合适，阿金只好接着往下讲。同学们比往常听话。下课的时候，珍朵问她："老师，你去青凤家食晚饭，穿什么衣服？"

穿什么衣服？难道穿衣服还有什么讲究？

她看到在操场上玩游戏的青凤。她并没有穿着早上送织锦来时穿的那套衣服，而是换了平日穿的旧衣服，胳膊肘儿那里打着两个格子补丁。阿金觉得青凤的衣服，连补丁（孩子们平日里穿的衣服就没有不打补丁的，还有些孩子的衣服上补丁摞着补丁）。也比别人的好看珍朵从阿金眼前跑过去。对，珍朵衣服上的补丁也好看。她的手巧，学校的孩子中，翻花绳数她最厉害。她衣服上打的补丁针脚细密，有的还巧妙地绣着花。她阿妈肯定是村里的巧手。

阿金更愁了，先前还只为礼物犯愁，现在加上为衣服犯愁。那种绣着花的大褂，她一件也没有。

放学后，她把自己带来的衣服全都铺在床上，一个劲儿叹气。

谁能想到当老师的还要为衣服发愁呢？

唉，没办法，只能"矮个子里挑高个子"，选了自己仅有的那件衬衣。衬衣有些长，她又系了一根细窄的花腰带。这根用红线、黄线、蓝线编织成的花腰带，还是她来学校前，从小镇上的一个大婶手里买来的。

阿金在桌上的小镜子前左照右照，镜子实在太小了，照不出个名堂来。她只好自己估摸，觉得应该不错。

礼物呢？最叫人犯愁的还是礼物。

这间小屋里，就没有适合拿出来当礼物的东西。收下人家这么好的织锦，又是上门去做客，却不能准备出合适的礼物，阿金简直想大哭一场。

阿爷曾说："山里人最看重客人的心意，心意诚，一毫的礼物也重于千金；心意不诚，千金也比不上一根鸡毛。"

心意，阿金有，可也得找出"一毫的礼物"来不是？

阿金坐起来，把自己的东西又看了一遍。

对了，怎么没想到呢？

2

青凤家院子宽大，屋前有棵柿子树。树下放着两个树墩，已经被磨得很光滑了。院子里种着花——高高的鸡冠花开得正

艳，还有一丛山菊，也正开着。

几只鸡在屋场（屋前的平整空地）的一边啄食。那边有几棵柚子树，一只母鸡扑棱棱飞上了树。阿金想起了小龙那天格外干净的脸蛋，抿着嘴笑了。柚子树边，枝繁叶茂的栀子树上开出了大朵大朵洁白的栀子花。

"阿婆！"青凤喊道。

"唉——"一个老婆婆跨出门槛，满脸笑意地站在门口。她穿着蓝黑的大褂，衣襟没有绣花，袖口和裤脚边绣着蓝色花纹，用红线绣出的波纹将几排蓝色花纹间隔开来。她也系着围裙，围裙上绣着一只五彩凤凰。

在乡下，隆重的穿着也表示着对客人的尊敬。这个大山深处的老婆婆，满脸笑意，和蔼慈祥，可不知为什么，阿金从她身上隐约感受到一种庄重的威严。

"阿婆。"阿金喊道。话一出口，她就后悔自己喊出的声音太小，也不知道阿婆听不听得到。

"阿金，你真漂亮。"阿婆说。

如此直截了当的表扬，让阿金一下红了脸。"阿婆。"她赶紧往前连走几步，回想着青凤的样子，双手平举，把带来的礼物送到阿婆面前。

阿婆笑着轻轻点点头，接过去，惊叹了一声："呀！"

阿金有些紧张，不知道这是否合适。

"真漂亮！"阿婆说。

阿金带来的礼物不大，一巴掌宽，两巴掌长，是一块绣得简单的绣片，深蓝色的手织布上，用白线绣出了云纹。阿金看看阿婆那精美的围裙，红了脸。

"绣得太简单了。"阿金低垂着眼睛，小声说。

"很漂亮。"阿婆确定地说，"这样的云纹，我们还从来没有绣过。这是一个新花样！"阿婆拿着看来看去，语气兴奋起来。

"我们那边都这么绣呢。"阿金咬着嘴唇，害羞地笑了。她也喜欢这样的纹样。毕业后，工作没定好的那段时间，她心里总慌。阿妈就找了块布给她，让她跟着自己学绣花。她瞅着好看，就绣起来了，没想到它会派上这样的用场。

阿婆小心地把这块绣片叠好，放进围裙的大口袋里，让阿

金进屋，语气亲热了不少："来，阿金，进屋坐。"

堂屋不算太大，整洁有序。

迎着门的墙上，有一个神龛，粗陶的香炉里插着三根快燃尽的香，香炉旁边放着一碗栀子花，香了整个堂屋。

屋子中间摆着一张方桌，桌上有个大茶罐，旁边摆着两摞大小不一的小茶碗。方桌四边摆着四条宽大的长凳，都空着。

"请坐。"阿婆说。

坐哪里呢？

阿金不由得看向青凤。青凤站在阿婆旁边。她看看左边的长凳，冲着阿金笑。阿金明白了，走到左边。等阿婆坐下后，阿金才落座。大家也坐下来。

茶上三道。

第一道，小碗（真的很小呢，只比酒盅大一些）盛茶。阿婆从茶罐里倒茶请阿金喝。这个茶水的香味阿金闻到过，在桐子家里，桐子阿妈就是泡的这种茶。喝一口，果然有点苦，吞下后却味有回甘，说不出地舒服。阿金一口喝干了这碗茶。

第二道，茶没有变，碗换大了一号。青凤倒茶，不过茶水装得不满，只有半碗。阿金又喝完了。

一个年轻的阿嫂提着木盒走过来，冲阿金笑笑。

"阿妈。"青凤喊道。

阿金赶紧站起来，垂着手。

"坐坐坐。"阿嫂说。她往方桌上摆出一碟炸红薯片、一碟红薯干、一碟炒米，还有一碟炸得蓬松的大圆饼，然后回后屋去了。青凤这才倒第三道茶。

"来，阿金，吃米花。"阿婆拿起一个大圆饼递给阿金。

哦，原来这是米花啊。这个阿金也有，是桐子阿妈给她的。原来，这个米花是这样用油炸了吃的。阿金咬上一口，酥脆极了，香极了。她忍不住又咬了一口。

青凤笑起来。

阿金红了脸，悄悄瞪她一眼。

阿婆问她："学校好不好啊？"

"好。"

"来溪村，惯不惯啊？"

"惯。"

"学校后面的山菊开得好不好啊？"

"开得好……"

"学校好不好啊""住不住得惯啊""同学好不好打交道啊"之类的问题不都是自己的阿妈常问的问题吗？阿金一边答着阿婆的话，一边心里偷偷乐。

第三道茶喝完。阿金遗憾地看着青凤把米花连同茶罐都收了下去。她听到青凤在屋场前扬声喊："小——龙——"

屋子里传来一阵一阵的香味，要开饭了。

3

腊肉、菌子、鸡蛋、豆腐、糍粑、洋芋丝（这里管土豆叫洋芋呢）、芋头片、豆角、茄子、冬瓜……方桌上摆得满满的。真是一顿丰盛的晚餐！

家里人都回来了，小龙回来了，大胡子阿爸也回来了，大家围着方桌坐下来。

阿金坐一方，大胡子阿爸坐在她的对面，阿妈带着小龙坐在靠门那一方，而青凤和阿婆坐在对着门的那一方。那一方，在饭桌上被称为"上座"。青凤怎么和阿婆一起坐在上座呢？阿金微微有些疑惑。

"食晚饭。"阿婆举起筷子，夹了一筷子菜。

"食晚饭"？原来这里是这么说"吃晚饭"的。阿金在心里悄悄玩味着"食"这个字，觉得很有意思。

这顿饭大家吃得很开心，阿金还喝了两杯酒，甜滋滋的米酒。大胡子阿爸一定要给她敬酒，说是要一连三杯才行。第三杯，阿金怎么也不肯喝。她没喝过酒呢，两杯已经让她觉得浑身轻飘飘了。酒倒是甜滋滋的，好喝。

不知怎的，大胡子阿爸说起鸟的事情。

大胡子阿爸说，他认识一只啄木鸟。那只啄木鸟就住在他们家苞谷地附近的杨树上。他没见过它，但它肯定常常看他干

活。他锄地的时候，它也笃笃笃地敲击树干。他停它也停。有次，他故意锄两下停一下，结果那笃笃笃的声音也是响两下停一下。

"要是给它一面鼓，我用一把锄头就能教它打出节奏来。"大胡子阿爸总结道。

阿金笑。她没想到，这个大胡子山民会和一只鸟玩游戏。

小龙在桌上笑得东倒西歪，他说他也跟阿爸去锄过那块苞谷地，但那只啄木鸟不听他的指挥，它不如阿妈的野兔乖。

青凤哈哈笑，她要说野兔的故事。那只野兔是在一个冬天冲到他们家门前的。那时刚下过大雪，厚厚的积雪盖住了山野。村里人一起到山上去打猎。大家带着狗进山围猎，从一片灌木丛里赶出一只野兔。野兔被从四面八方围拢过来的狗和人吓晕了，往村里跑。阿妈出门抱柴火，正好遇上野兔从门前跑过去。她猛地一扑，捉住了它。后来，这只野兔在他们家住了一整个冬天，每天兄妹俩轮着喂它吃白菜、萝卜。到春天的时候，它吃得毛油亮亮的，几乎胖成一个球。它和阿笨也处得好。不过，天气一暖和，它就在一个清晨不见了。

"回山里去了。"阿妈说。

说到阿笨，小龙咯咯笑。他把阿笨喊过来，说："阿笨，你今天吵架了没？"

阿笨摇摇尾巴，眨眨它那双湿漉漉的眼睛。

"不许吵架了，听到没？"

阿笨更卖力地摇尾巴。

小龙夹了一块腊肉喂给它吃。

屋外，一只鸟在叫。

阿笨瞅瞅外面，又瞅瞅小龙，在屋角趴下来。

屋外的鸟一直在叫。

"老师，听到没？那只红嘴山雀在等着和阿笨吵架呢。"小龙说。

吵架？一只狗和一只鸟？！

小龙看看阿笨，绕过桌子，凑到阿金耳边，说："有次，这只红嘴山雀在山里不知吃了什么杉果，撑得晕倒在灌木丛里。阿爸把它捡回家，放在门槛上，要阿笨守着它。红嘴山雀一醒来，看到阿笨，啄了它一鼻子，飞了。阿笨跳起来，对着它叫。它们俩就杠上了。连着好些天，每到这个时候，红嘴山雀回林子里前，都过来吵一嗓子。你看吧，只要阿笨不出去，它叫上一会儿就走了。要是阿笨出去了，它们俩能吵到天黑。村里人都笑呢！"

阿笨似乎知道小龙在说它，扭过头去看着门。

阿金瞪大了眼睛。这山里怎么这么多好玩的事情啊！

"谁说山里不好来着……"阿金撑住头，努力回想，却晕乎乎地想不起来了。总之，毕业分配的时候，这是个大家都不

愿意来的地方。阿金也不想来。她原本想去的是城里的小学！谁知道怎么回事呢？笔试、面试、试讲她全都通过了，成绩一直是"优"，校长也找她谈过话了，却在最后被刷下来了。这时候，班上其余的同学都已经选好了学校，只剩下偏远的乡镇还有岗位。反正剩余的学校都不是阿金想去的，她干脆破罐子破摔，选了这个最远的学校。反正是进山，就进最远的山！

没想到这里这么好玩，阿金咯咯笑起来。

吃过饭，阿婆说什么也不让阿金走，说是得喝喝茶散散酒气。于是，大家坐到屋前的柿子树下喝茶。

支一张小桌，摆上茶罐、茶碗，再摆上四样小食，然后再倒茶……这样一个小小的村落，日常生活居然有着这么多的讲究。

夜幕降临，山里的空气已经凉下来了，大家坐在屋前看夜色慢慢暗下来。阿金喝着茶，惬意地舒了口气。

有个阿伯赶着牛从门前走过，和阿婆招呼了两句，还和阿金说了话。

"老师，阿婆欢迎你，我们都欢迎你。"

他是这么说的。

青凤要给他倒茶，他摆摆手，离开了。在他身后，牛脖子上挂着的木铃铛，发出悠长的当当声，和流过村庄的山溪的声音、村庄里黄昏时的各种声响融在一起。

村庄的声音啊，是生活的声音。阿金一半惆怅一半满足地叹了口气。

夜空里，星光在闪烁了。

看啊，夜空的星星多么灿烂！

寂寞啊，真的是寂寞，但哪里能看到这样灿烂的夜空呢？

这里。

在寂静无边的宇宙里，光是星星的语言，可以看到的语言！阿金心满意足。

4

天气说变就变。前半夜还繁星满天呢，后半夜就起了风。

学校后面是一片野林子，各种树木混杂，长得很繁茂。风吹来，哗哗的响声把阿金吵醒了。

阿金睁开眼，听到校舍那边传来砰砰的响声。校舍怎么会有声音？她吓得一把用被子蒙住头。

砰——砰——啪！是玻璃破碎的声音。那天早上玻璃破碎时发出的声音就是这样的，只是比这个声音清脆一些。

阿金一骨碌坐起来，她明白了，是哪间教室的哪扇窗户没关严实，被风吹开，撞在墙上，撞碎了玻璃。

她以前说过，打扫卫生的同学一定要关好门窗。是哪个粗

心的忘了关窗？明天一定要好好批评！

唉，最近天气一直晴好，同学们都放松警惕了。

砰——砰——不行，再这么砰下去，整扇窗户的玻璃都会被撞碎。

阿金去开灯。灯没亮。停电了。

她点上蜡烛。

屋子里有了光，外面显得更黑了。不但风很大，雨也下得大，雨随着风一阵一阵泼在窗户上。阿金举着油灯，走到门边。

"去吧，就在学校而已，穿过操场就到了教室，进去把窗户关上就回来继续睡觉，很快的！"阿金给自己鼓劲。

风呼呼吹着学校后面的野树林子，在枝叶间呼啸，像是什么奇怪的叫声。

阿金放在门上的手停住了。

她有些生气。这样的天气就该在被子里蒙头大睡。谁说当老师的还得半夜去关窗户？没有！

砰——

她吓了一跳，手里的蜡烛一晃，差点掉到地上。

阿金负气坐回床上。下了雨，有些凉。她放好蜡烛，拿起那块织锦披上。织锦上那聚在一起的小方格，组成的是一朵朵花。"阿金，这是我们的花，我们的花呢！"有次，在她的这间宿舍里，青凤是这么告诉她的。她的语气很特别，似乎这"我们的花"里有着些别的什么意味，好的意味。阿金知道，在乡下、在山里，很多传统的图案都传达着祝福和佑护。这织锦上的花肯定也一样。阿金觉得心里踏实了一些。要不披着织锦去关窗户？可是这么好的织锦会被打湿的呀。

真是，还是老师呢，又怕黑又怕鬼的！哪里会有鬼？世界上就没有鬼。

阿金放下织锦，站起来。她走到门边，手一碰到门闩，刚刚鼓起的勇气一下又没了。

砰——

顾不上了，她去拉门闩。

吧唧，吧唧……什么声音？

阿金觉得汗毛直竖，三步并作两步地跑到床上，用被子蒙住头。

"老师——老师——"门外响起一个声音，阿金觉得有点耳熟。

是谁？

"看到屋里亮着灯，我就过来看看。我从县上回来了。你在学校还习惯吧？"

阿金想起来了，是村主任，那个留着花白胡子的老人。她刚到溪村时，就是他领着她来学校的。阿金起来去开门。

一道闪电亮起，她看到村主任穿着蓑衣，一手提着一盏灭了的马灯，一手扶着斗笠，站在雨里。

"不不，不要开门，外面风大雨大……"

轰隆隆的雷声响起来。砰——阿金急了："窗！"

"我去。"村主任转身去了校舍那边。阿金畏惧地看着砸得啪啪响的雨。雨又大又急，这蓑衣能管用吗？

很快，村主任又走回来了。阿金记得他似乎说过自己姓杨。"杨阿伯——"她不知道说什么了。喝了酒，她记不起自己回来是不是烧了水。没有开水的话，又请人喝茶，那多丢脸，人家会以为你是空口说白话。

"老师，你叫我老主任吧。村里人习惯这么叫我，我也听顺耳了。你好好休息，我回去了。"

"老主任——"阿金想起他那盏灭了的马灯，"您把灯点上吧。"

黑暗里响起老主任的笑声："不用，学校到家里，我闭着眼睛走都错不了。"

阿金听到吧唧吧唧的脚步声离开了校园。风还在刮着，雨还在下着。

第四章

教案被偷了

1

"老师，我知道你上周补了一天课。"

阿金有些不安，她低头看着自己的鞋子。这双皮鞋有些旧了，但还很结实。早晨，已经雨过天晴了，泥泞的操场还没干透，一踩一脚泥，没法儿穿布鞋。她不知道这样私自调整上课时间是否合适，但她也不知道和谁去商量。那时候，村

主任不在村里，而她呢，只有两天假期，还得走很远的路程，回家一趟连多待一会儿的工夫都没有。

"你在家多待一天吧，来回四天，你可以下个周末再给孩子们补一天课。"

阿金抬起头，看着老主任。老主任眼里带着笑意。

她不好意思地点点头。

"听说，阿婆请你食晚饭？"

阿金又点点头。

老主任点点头："好，好，好，这就好了。你回家去，安心在家多待一天。"

阿金不知道说什么好。

"孩子们都喜欢你。"老主任说，"我应该早点来学校，去县上开会，结果在那里病了一场……昨天晚上才到家。"

阿金惊讶地看着老主任。昨晚那么大风雨，他还赶来了学校。

"这个给你。"

他手里拿着一面小小的铜板。光滑的铜板上，刻着花纹。

"把它挂在屋子里。你要是有事，就敲它。我们很快就会过来，村里人，谁听到了都会过来。不用害怕。"

阿金的脸红了。她接过铜板，像鱼一样张张嘴，却没发出声音来。"没有害怕"这几个字她实在不好意思说，昨天才教了孩子们不要说谎呢。

"有事，找我，或者找阿婆。"老主任说。

阿金不好意思地点点头。

"我听说你的教案丢了。"

阿金心生疑问：我谁都没告诉呢，老主任怎么知道的？她只和孩子们说，有样东西找不着了，希望谁看到了就告诉她，不要说谎。结果，大家帮她找回一大堆东西——她的勺子、发卡、一面小镜子、一支钢笔，都是闪闪发亮的东西。

谁能想到呢？她在和一个小偷做邻居呢。

看到这堆东西，她笑了好久。孩子们也跟着她笑。小龙笑得最响，以至于她很担心他会从树上掉下来。

是的，树上。

那个小偷邻居就住在树上。谁能想到呢？一只花喜鹊从她那里偷偷拿走了这些东西。

"我们都知道，老师，"珍朵说，"家里亮闪闪的东西不见了，就找找附近的喜鹊窝。"青凤在旁边一个劲儿点头。

这么多东西失而复得，阿金就没有再问教案的事情。

孩子们拿教案做什么呢？除了她，这里没有人需要这个东西。她想，可能是自己放在哪里忘记了。

老主任怎么知道她丢了教案？

"杉果一会儿会把教案送过来，你不要批评他。"

杉果？那个五年级男生！他拿教案做什么？

"老师，你不要批评他。"

阿金惊讶极了，她点点头。怪不得她昨天在树下没看到杉果。杉果拿教案做什么呢？为什么不要批评他？

"老主任，杉果这么做不对……"她有点说不下去了。老主任昨天那么晚还过来关窗子，一大早又送了铜板过来，这会儿她却反驳他。老主任眼里却透出笑意来。"阿金，"他没有叫她"老师"，"怪不得阿婆叫我将云板送过来，你会是一个好老师。杉果错了，我知道。我已经批评过他，他阿爸也会罚他，你不要批评他。"

云板？阿金看了那块铜板一眼，松了口气，点点头。只要让杉果知道他偷拿东西不对就好了，她批不批评没什么。

"下午早点放学，今天就下山吧，到镇上赶明天的早班车回家去。"老主任背着手，走了。他的草鞋在操场上印出一个个浅浅的大脚印。

清晨的阳光洒满山岭，无数片树叶在闪闪发亮。

阿金的心雀跃起来。

2

门开着。

阿金坐在桌子前研究老主任送来的云板。云板被磨得光滑极了，看得出很有一些年头了，上面刻着一只飞翔的凤鸟，阿金觉得样子有点眼熟。

"这线条真好看！"阿金啧啧赞叹。

云板上的凤鸟线条舒展流畅。这云板真是一件好东西。

阿金转过头，不经意看向门外，她看到杉果慢吞吞地往这边走，走两步停一停，看着都叫人着急。既然已经答应老主任了，阿金就不想再为难杉果，喊道："杉果，还不快过来！"

杉果老老实实跑过来。

"你慢点，地滑！"

这孩子，真是的！不过，谁没犯过错呢？阿金记得自己小时候偷偷藏起过一个远房表姐的漂亮腰带，结果却拿着不知怎么办才好。系到裙子上？不可能。她后来偷偷将那根腰带送回了表姐家。记得在那个清晨，在整个村庄醒来之前，她悄悄从家里溜出来，把它放到表姐窗下，那时她的心跳得多厉害呀，她以为会把整个村庄的人吵醒呢。还好，没有。

"杉果，把教案给我。"阿金把云板挂到墙上，走到门口，说。她都没察觉到自己的语气是多么温和。

"老师……"杉果从书包里拿出那本教案，脸通红通红的。

阿金接过来，这是第一本完全属于她的教案，还差不多是新的呢。实习的时候，她也被要求写教案，可是那教案有很多

人要看，除了带她的老师，同学之间相互点评也要看。每次上课前，她都是把课备了又备，改了又改。谁能想到呢？来这里之后，她上次居然忘记备课（后来补上了）就上课了。

阿金笑了笑，拍拍这本失而复得的教案，满心轻松地说："好了，回教室去吧。"教案每年学区都要检查，她还以为自己得重新写一本呢。

杉果垂头丧气地往回走。

阿金想起课间他领着大伙儿玩抓人游戏时神采飞扬的样子，喊道："杉果，等下——"

杉果站住了，回过头来，带着几分小心，还带着一丝期待看向阿金。

那一丝期待让阿金的心酸了一下。

"老师的字写得怎么样？"她扬扬手里的教案，冲他眨眨眼。

杉果不敢置信地瞪大眼睛，继而咯咯笑起来。他说："老师的字好丑。"

阿金听到自己的呼吸声变粗了，这家伙真敢说啊！

"前面的字写得好，后面的也写得不错，但中间几页中的很多字我们都不识得。"杉果说。

他还把教案拿出来给大家看！

"老师，你教我们要好好写字，可是你自己——"杉果在阿金的目光里停住了自己的话。

那几页阿金记得，记录的是"我的家乡"那堂课上同学们的话。他们说得多好啊，她怕忘记了，写得很快，字自然也就有那么一点潦草。但是，"不识得"，未免也太夸张了吧。

"杉果——"

"老师……"杉果的脸又红了，"我再也不拿你的教案了，对不起。"他冲着阿金鞠了个躬，转身就往教室跑。操场多滑啊，他一个趔趄摔在泥地里。

"呀！"阿金惊呼出来。

杉果爬起来，嘿嘿笑着，隔着操场喊道："老师，你的字不丑，前面不丑，后面也不丑，中间丑的也好看！"

这叫什么话！阿金扑哧一声笑出来。

3

上午第一节课下课后，阿金就开始收拾行李。米花要带回去，她要让阿妈看看，干米饭还能做出这么好吃的东西呢！腊肉还有一小块，也带回去。夏天的衣服带回去一些，早晚天气已经凉了，得带厚点的衣服来。

青凤坐在门槛上看着她收拾。

"阿金，你今天要回去吗？"

"是呀。"阿金说。她心情很好。

"你想回去吗？"

"当然想。"

"那你……"

突然，教室那边喧哗起来。

"老师，老师——"小龙跑过来喊她，"你快来！"

什么事情？

阿金放下手上的东西，跑了过去。青凤跟着她。原来，一只山鸡不知怎么跑到教室后面的灌木丛里，被大家发现了。大伙儿正在围堵它。

"老师，老师——"珍朵急得快要哭了，"你怎么这么慢啊！"

慢吗？

"你再不来，山鸡就要被捉住啦！快点让他们别赶啦！"

"为啥要听你的？山鸡又不是你家的，山里的猎物谁猎到就归谁！"桐子不服气地说。

山鸡正在大家的包围圈里东奔西跑。这是一只漂亮的山鸡，红脸颊，长尾羽，身上的羽毛在阳光下闪闪发亮。

"它它它……"珍朵指着山鸡，又急又气，"它就是我家的。"

"啥？"桐子不追山鸡了，看着珍朵，"你可不能瞎说。"

"我没瞎说，"珍朵气红了脸，"它就住在我们家的地边，我阿婆发现的。"她转过头，踮起脚凑到阿金耳边，对阿金说："老师，你别让他们赶了……我家的地那边还有一群小山鸡呢，一只母山鸡带着。它们是一家人。"

阿金想了想，说："上课时间到了，大家回教室去。小龙，你去敲铜铃，当当敲两下，停一停，再敲两下，知道吗？"

那天在青凤家吃饭，阿金才知道，学校的铃声是村里的"钟表"。村里很多人家没有钟表，瞅着天光过日子。开学了，就听着学校的铃声算时间。阿金干脆把敲铃的方式改了。第一节课上课的铃声是："当——当——"第二节课是："当当——当当——"这样大家也能更清楚些。

"嗯。"小龙清脆地应了一声。

"桐子，你去我的房间把数学作业本拿出来，发给大家。"

桐子不追山鸡了，高兴地跑去拿作业本。当当——当当——上课铃响了，其余的孩子也一哄而散。

珍朵拉着阿金的手，眼睛红红的："老师，老师，你真好！"

阿金心里暖暖的。她拍拍珍朵的肩膀，温和地说："快进教室去，要大家先预习，我马上就来了。"

珍朵看了看山鸡。没有了孩子们的追逐，山鸡正往山后的灌木丛里钻。她冲阿金笑笑，回教室去了。

青凤还站着。

阿金牵住青凤的手，往教室那边走。

"阿金，你还会来吗？"

这是什么问题？她只是趁着假期回家一趟而已。

"当然会来。"

"那……你想来吗？"

这跟想不想有什么关系？这是阿金的工作，她当然得来。

"阿金，你想不想来？"青凤不走了，认真地看着她。

阿金停下来，认真地想了想，说："想。"

青凤笑了，灿烂地笑起来。她抱住阿金："好阿金！"

阿金的心里像是荡漾起一圈圈粉色的光晕。

"杉果做了我们大家都想做的事情。"青凤说。

大家要教案做什么？提前预习功课吗？那倒是一件好事。阿金正要张口问，青凤却松了手，笑着跑开了。这孩子！阿金摇摇头，跟着往教室走去。

4

今天放学比平时早，孩子们却没急着走。这次着急的是阿金。阿金背上包，准备走上孩子们放学走的路。

"再见。"阿金说，"放假在家记得做作业，不要捣蛋。"

这话是对男孩子们说的。上午发现了那只山鸡后，他们一下课就满山跑，非得敲铃了才回来。

桐子推着小龙，小龙推着他，推来推去笑个不停。

"阿金，"青凤背着书包跟上来，"我送你。"

"我也送你。"

"我也送……"

阿金头疼地看着浩浩荡荡地跟在她身后的孩子们，站住了："老师不要你们送，快回去吧。"大家不说好，也不说不好，只是你推我揉嘻嘻笑。她停住，他们也停住。她一走，他们也跟着走。

他们路过村子，村里人都出来看。

"老师回去呀。"

"老师好走啊。"

还有些人从家里拿出糍粑、黄豆、米花，要塞到阿金的包里："拿回去吃呀，家里没好东西，不好意思啊！"

有个老婆婆抱出一小罐蜂蜜，一定要塞给她："老师，我们家娃娃爱去学校，你要再来啊。"

这怎么好意思拿！

阿金推了半天，好不容易才把这些东西推回去。

不行，这么走下去，天黑都不知能不能走到镇上。

"青凤，"她严肃地对青凤说，"你领着大家回去，老师对

山路不熟，今天要赶路，不能误了时间。"想想，要是天黑没到镇上，她该怎么办呢？她一个人在山里走，连火把都不会打，更别说唱歌了。

青凤才是一年级生，阿金怎么就对她说这句话呢？在回家的路上，阿金一直也没想明白这件事，但明白的是，这句话管用。

青凤不走了，孩子们不管怎样依依不舍，也都停住了脚步。

"阿金——"

阿金走了几步，听到青凤在后面喊她。她停下来。青凤跑过来，把她拉到一边。

"青凤！"阿金看着青凤的笑脸，实在是说不出责备的话来。青凤笑起来真好看。

"阿金，你知道杉果为什么要拿你的教案吗？"

为什么？

"杉果怕你回去了不再回来。他偷拿了你的教案，你就不能不回来。"青凤说。

可那样的话，拿教案也不管用啊。阿金突然想起来，刚开学不久，她要求大家每次上新课前，都要在家预习功课。她说："做事情要有准备，你们要提前预习，老师要提前准备教案。教案对我来说很重要，预习对你们来说也同样重要。"她回头看看杉果，杉果嘻嘻笑着冲她招手："老师——"

阿金只觉得眼睛一阵酸涩，差点冒出眼泪来。她胡乱点点头，对青凤说："老师知道了，你快回去吧。"

阿金低头快步往村外走。沿着山路继续往上走，走过最后几户人家，再经过村边边上的路屋（路边的小屋，山里春夏雨多，给人避雨用的，是村子最外面的一间小屋），然后拐个弯，就出村子了。走了一会儿，她的脚步突然慢下来，她犹豫了一下，一侧身，躲到旁边一棵大树后，贴着树干往回瞧。

孩子们还站在那里，也不知道他们是不是看到她了，一个个突然使劲挥舞自己的手，声音远远传来：

"老师——"

"阿金——"

这些家伙！

阿金咬咬牙，从树后走出来，朝孩子们挥挥手，奇怪的是，心情突然好了起来。她哼着歌，转身轻快地往山上走去。

第五章

火把点点，盛装相迎

1

　　没想到回学校这天正好是赶集的日子，阿金背着行李，在人群中挤来挤去。她想去划块玻璃，尺寸都量好了，记在纸条上，就装在她口袋里。

　　"请问玻璃店在哪里呢？"

　　"没有玻璃店。"

　　"啊？"

"那头那个木匠家里代卖玻璃。"

"太好了！是哪个木匠？"

"那头那个，有个老墨斗的木匠。"

阿金连个姓也不知道，该怎么打听啊？她觉得有些为难。她今天还得赶回学校去呢。

阿金往前走了一段，试探着找人打听"有个老墨斗的木匠"。没想到，这里人人都知道这个木匠，指导她"往前走，在挂满花的那堵墙那儿左拐，然后你会看到两条巷子，一条宽一条窄，穿过窄的，再往前走，第四户人家就是"。

阿金在人群中往前挤。

县城的车站前也这么挤，但那种人人都急着赶路的拥挤让人觉得烦躁不安；而在这个拥挤的小镇集市，不时能听到"老庚""老铁""同年""阿姐"这样的招呼声，给人一种相聚的欣喜。要是不急着赶路，阿金一定要好好在这里"挤一挤"，逛一逛。那些背篓里的糍粑、蜂蜜、腰带什么的，还有用山鸡毛做的耀眼绚丽的毽子，都是阿金喜欢的东西。

真的有一堵挂满花的墙！这个季节了，山野里都是出杉果的时候，花比较少见，这里却灿烂地开着满墙的花。她正要往左拐，突然听到一个熟悉的声音："不行，不卖！"

小龙？

果然是。在花墙右边的巷子口，小龙、桐子，还有学校的

几个男生也摆了个小摊在卖蘑菇、草绳、草药什么的。一个瘦子正把蘑菇往篮子里捡。

"小龙。"阿金欣喜地过去和他们打招呼，一会儿，他们可以一起走山路回去了。哎呀，你不知道啊，一个人在山路上走上几个小时有多寂寞！

"老师——"

"老师。"

"老师，他要抢我们的蘑菇！"

那个瘦子没想到这群卖东西的孩子身边会冒出一个大人来，放下篮子，恼怒地说："什么抢，我是买。"

"我们不卖。"小龙说，"老师，他十二块钱要买走我们所有的蘑菇。"

阿金看看这堆蘑菇，好大一堆呢，这个价格是不是……"孩子们不卖。"阿金说，"您把蘑菇拿出来吧。"

"要卖可以，得十五块。"桐子说。

"十五块！"瘦子瞪大了眼睛，"不行，十二。"

"十二卖了吧。"旁边卖糍粑的胖大婶说，"这个老师，他们已经卖了好久了，卖什么都是十五，怎么说也不听。这蘑菇山里多的是，十二块没欺负人。"

"就是，我们可不欺负孩子。"瘦子说。

"不行！"小龙说，"我们需要十五块钱。"

原来是这样，阿金笑起来："一共需要十五块吗？"

孩子们都点头："十五就够了。"

阿金对瘦子说："您把蘑菇买走吧，十二。"

"老师，我们还差三块呢！"小龙急了，"要是草绳和草药没人买怎么办？"

胖大婶笑起来，她坐在一个草绳墩儿上："把草绳卖给我吧，两块钱。"

小龙算了一下："还差一块钱。"

"阿婶，这些草药该多少钱？"阿金在小龙家里见过这些草药，装在竹筛里，晒在屋场里。

"莓茶呀，这个不好卖，山里家家户户都自己做茶呢。"胖大婶说。

哦，这就是莓茶！她记得那天晚餐后，青凤泡茶，阿婆说多放点莓茶，饭后茶可以浓一点。阿金喜欢这个莓茶。

"五块钱您看可以吗？"阿金犹豫了一下问，她的钱也不太多。虽然她在学校不花钱（没地儿花钱），但她还要用这些钱去划块玻璃。

"够够，两三块就够了，这东西做起来费事，不值钱。"胖大婶说，"只怕没人买。"

"我买。"阿金笑起来，"我喜欢喝这个莓茶。"

买蘑菇的瘦子付了十二块，胖大婶付了两块，小龙都收好了。阿金拿出五块，小龙的脸却红了："不能要，莓茶送给老师喝。"

"对。"

"对，送给老师喝。"

这怎么能行！阿金好说歹说，孩子们只肯收一块钱。"十五块，够了。"小龙满意极了，"我们去问过了，十六块可以买玻璃了。我们在收破烂的老头那儿和收果子的老头那儿卖了一块钱，这里卖十五就够了。"

阿金瞪大了眼睛，突然明白过来。"老师，我会赔您的"，小龙就是这么跟她说的。孩子们是为了她的那块玻璃而忙乎。她心里像是装了一坛那晚喝的米酒，有些甜，又有些酸："不要紧不要紧，一块玻璃，老师自己买……"

"老师，你教我们的，犯了错要改正，要拿出行动来。"小龙认真地说。

阿金说不出话来。

豆腐脑一人一碗，油条一人一根，阿金请客。不用买玻璃，她的钱是充足的！

吃饱喝足了，预订好玻璃，孩子们就四散着帮家里人去买东西。要买的东西，孩子们都写在纸上了。

趁着这个工夫，阿金也逛了逛集市（人多，晚点就晚点

吧，路上不怕）。她买了胖大婶的糍粑，懒得做饭的时候，可以烤一块吃。在一个老头的摊位上，她还买了一个陶钵，因为这个陶钵的样子很好看。

他们去"有个老墨斗的木匠"那里拿了划好的玻璃，准备回山上去了。

杉果从木匠家后面赶出一辆牛车来。他坐在前面，孩子们一窝蜂爬上车。

"老师，快上来。"

哈哈，阿金手脚利索地把自己的行李放到车上，不用走那长长的山路啦！

2

山路弯啊弯，起起伏伏，曲曲折折。牛不紧不慢地走着，脖子上的木铃铛不紧不慢地响着。

阿金从不知道走个山路还有这么多名堂！

过了一个山岭后，一眨眼杉果不见了。过了一会儿，他摘回来几个橘子，有黄的，也有青的。

"老师你吃。"杉果说，"你别看这皮青，你捏，软的，吃起来不酸。"

果然！不管是黄橘子还是青橘子都酸甜可口，吃一个，口

就不渴了。

然后，一路上孩子们摘橘子，摘板栗，摘枣子，摘橙子，还有一个孩子摘回来一个柚子。"这个柚子你吃皮啊！"孩子们笑话他。

他把这个柚子给阿金："老师，你放屋子里。它成熟还早，果肉没长满哩，没啥吃的，但香味好，你放屋里。"

阿金拍拍摘柚子的孩子，笑呵呵地收下。

"这山里的果子可以这样摘吗？"她问。

"有些是野果子，随便摘。"

"不对呀，这些野果树离溪村那么远，你们怎么知道的？"

"赶集呀，一路走得无聊了，我们就去山里转。"桐子把一块橙子皮用力扔进路边哗哗流动的山溪里，"那些树啊，有气味的，我们一找就能找到。"

"老师，我们每个人的鼻子不一样，找到的树也不一样。"

"我找的那棵板栗树挂满果子，比别的板栗树都能结。"

"老师，我还找到一棵蘑菇树……它是一棵老树了，肯定是被风刮倒的，中间已经空了，一下过雨，树心就长满蘑菇，那样子就跟长满蘑菇的船似的……"阿金是第一次听说"蘑菇树"，轻轻笑起来。

看到她笑，孩子们也哄笑起来。

"谁没有蘑菇树啊！"

"这也说。"

"我还有个蘑菇窝呢。"

阿金看到路边有棵橘子树，枝头沉甸甸地挂满橘子，有的橘子已经熟了，小灯笼似的，亮眼睛。

"看——这个可以摘吗？"阿金说，"杉果，把车停一停，我摘个橘子。"

"可以可以。人家种的果树，大人不可以摘，小孩也不可以摘。这个嘛，"小龙内行地打量了一眼，"老师你随便摘，是野果树。"

阿金攀着树枝，摘下几个大橘子。

"老师，要我帮忙吗？"

"我来吧，老师。"

三下两下，橘子树上最高处的橘子都被摘下来了。

大家重新坐回牛车上，阿金让孩子们吃橘子："来呀，吃吧。"

没想到，孩子们都摆手："不要，不要。"

阿金有点疑惑，她剥开一个橘子："那我吃了啊。"

孩子们瞪大眼睛，看着她。

"有什么奇怪的吗？早上出门洗脸了呀。"阿金在心里嘀咕。她把一瓣橘子放进嘴里，哎呀，好酸！

孩子们爆发出一阵大笑。

"哈哈哈——老师吃路边的橘子啦！"

"老师的脸皱得跟我阿婆的一样！"

好不容易酸过劲儿，阿金终于能说话了："路边的橘子不能吃吗？"

"当然……能……"小龙笑得话都说不顺溜了，"能……能……不过……酸得很……路边的果子……不酸的……早……早……早就被摘光啦……"

阿金恍然大悟，看着车上这堆橘子哭笑不得。

经过一个村寨，桐子说："我去一趟我阿姑家。"然后他就跳下车，跑掉了。

牛车走过这个村寨，阿金正想着要大家停下来等等桐子，就看到桐子嘻嘻笑着站在路的前方，手里拿着一个纸包。

"好香好香，是烤红薯！"杉果叫起来。大家一窝蜂跳下牛车，围住桐子。

桐子抱住纸包，从人堆里钻出来，爬上车："老师，你先选。"

阿金愣了一下。

"老师，你不喜欢烤红薯吗？"

阿金回过神来："啊！"

"老师，你吃呀，他们寨子里的红薯特别好吃。"

"老师，你选长的，长的好吃。"

"老师，别听他瞎说，你选胖的，胖的好吃。"

男孩子们争论起来。

阿金看看桐子。桐子微仰着头，开心地笑着："老师，你快选啊，得趁热吃。去赶集的时候，我就跟我阿姑说好了，这个时候吃刚刚好。"

阿金自嘲地笑了笑，觉得这烤红薯珍贵起来。好吧，吃一个，不过吃哪个呢？

"桐子，你说吃哪个好呢？"

"老师，你吃这个，你看，糖汁都烤出来了，肯定特别甜。"

夕阳斜照，山野里起了淡淡的雾气，村庄升起袅袅炊烟。阿金吃着红薯，耳边响着孩子们的笑闹声。她觉得自己吃下去的，像是眼前那暖暖的夕阳。

3

"老师，老师——"

阿金睁开眼，看到了灿烂的星空。天已经黑透了。

"阿金——"

青凤？阿金一骨碌坐起来。

一个个火把从村口亮起，蜿蜒着，一直亮到村庄的深处。她揉揉眼睛，不敢相信自己看到的是火把。

"阿金，欢迎你回来。"阿婆说。阿婆穿着蓝黑的大褂，系着绣花的围裙。青凤也是。老主任站在旁边，穿着大褂，裹着头巾。每一个人都穿着相似的衣服，站在黑夜中，站在火把的光亮里，在笑。

"盛装相迎"，阿金的脑海里冒出这样一个词。她跳下车，惶恐不安，不知道说什么才好。

"阿金，走吧。"青凤走过来牵她的手。

"走吧。"老主任让着阿婆，一起往村里走去。

每一个"火把"都有一句"老师，回来啦"在等着她。

阿金紧张地握紧青凤的手，努力笑着回应他们。她人生中从来没有遇到过这样的时刻。

去那所城市里有名的小学实习的时候，学校也准备了欢迎仪式——学校的鼓号队分列校门两旁，欢迎他们这些去实习的老师，还有孩子为他们系红领巾，给他们献花。阿金站在人群中间，既兴奋又紧张。大家做什么，她就做什么。她知道那样的欢迎仪式是给老师的，只是她正好是老师群体中的一员。但现在，她觉得，这个隆重的欢迎仪式虽然也是给老师的，却是特意给她这个老师的。

她低头看看青凤。

火光下，青凤仰着头，笑着，不慌不忙地往前走。

"她好镇定。"阿金在心里暗道。她学着青凤的样子，挺起胸，直起背，尽力笑出最灿烂的样子，往前走。

人们跟在阿金和青凤身后，一起往村里走。人们相互打招呼，说说笑笑。阿金看看满天的星星，星光灿烂。今夜，夜空也一片热闹。

终点是青凤的家，屋场里摆着好多张桌子，灶屋里灯火明亮。

像上次一样，堂屋里只摆着一张桌子。

青凤要带着她往堂屋里走。阿金不动，等阿婆和老主任进去了，才跟着进去。

老主任笑着点头。

"老师，请坐。"他说。

一张桌子，四四方方。

青凤松开阿金的手。阿金让阿婆和老主任先坐。

老主任看看阿婆："阿婆先请。"

阿金突然明白过来，在这个村庄里，所有的人都称阿婆为"阿婆"，他们管自家的阿婆为"我阿婆"。

阿婆也不多让，在上座上坐下来。

"老师——"老主任笑着看向阿金。阿金敏锐地察觉到，他的笑容里似乎还有一丝考量的意味。

"阿金，坐。"阿婆说。

阿金信任阿婆。她走到西边的座位边，站着说："老主任，您先请。"

老主任笑得嘴咧得老大："坐坐，老师啊，阿金老师，你真不错，真懂规矩。咱们村以前也来过老师，也请过他们。哎呀，这座位呀，他们瞎坐，站哪儿坐哪儿，还有表示客气的，坐下首的位置，这哪成呢！老师嘛，古称'先生'，也称'西席'，自然在西边就座。"

还有这样的规矩！阿金看看青凤，心里莫名松了一口气。她当然知道老师古时候有"西席"的称呼，但她从没把这个称呼和饭桌联系到一起过。

阿金坐下来，青凤也坐下来（她坐在桌子的下首，靠门的

那方）。屋场里，她看到人们也互相谦让着坐下来。

大大小小的菜碗流水一般从灶屋里被端出来，香气扑鼻，阿金这才感觉自己饿了。

酒满上了。

阿金用的小杯，阿婆用的茶碗，老主任呢，他用的居然是吃饭用的陶碗。那么大一碗酒，他端着，每大喝一口，就要满意地咂咂嘴："阿婆啊，今年看着年景好啊，咱们能多酿一些酒了。"

阿婆点点头。

"老师啊，阿金老师，阿金啊，"老主任转过头朝向阿金，这一个个称呼把青凤逗得咯咯笑，"今年祥瑞啊，大丰收啊！"

丰收，可是乡间的大喜事。阿金也很高兴。

"阿金老师啊，祖上……可曾出过什么人啊？"老主任问。

阿金正夹起一块肥瘦相间的腊肉要放进口里，听到这个问题，有些蒙，只好把腊肉放下来。她祖上出过什么人呢？

上师范前，她就是一个普普通通的女孩，听话，老实，学习好。在阿爷的坚持下，她才为自己争取到上师范的机会。为此，村里人还说过不少闲话：

"花这么大力气把个女孩送去读书做什么？"

"女孩认识那么多字干吗？学干活才是正事。"

"你看看她，火生不好，书倒读得好。"

后来，她被分到溪村来教书，大家又笑话她：

"人家读书都是为了去城里，她倒好，读到大山里去了。"

"读书读到更穷的地方去了。"

…………

"祖上……"

阿金回过神来。她突然想起，阿爷曾说："你阿婆是读书人家的闺女，她祖上出过举人呢。"

"我祖上出过——举人。"阿金顿了顿，才把"举人"这个词说出来。"举人"这是一个多么遥远的词啊。

没想到老主任一拍手："啊呀，怪不得！我们村祖上也出过举人，幸会，幸会啊！你家祖上是哪个年间的举人？"他话语间亲热起来。

这个问题阿金就答不上来了。"举人"她也只是听阿爷说了那么一嘴。

"这都是久远的事了。"老主任叹了口气，"娃子们有不好读书的，也有好读书的。可在这深山里，好读书也不管用，好老师难找啊……"

阿金听着老主任话里那一言难尽的意味，心里有一丝难过。她想说她不就在村里当着老师吗？可"好老师"，她也不知道自己算不算。她听着屋外的喧闹，想着全村人点着火把出来迎接她的场景……她受之不起也受了，她能做的又有什么呢？阿金觉得有些头晕。这米酒香甜甜的，她一低头，又喝

了一口。

她是老师，老师嘛，就是要好好教孩子们。

老主任夹起一筷子洋芋丝："来来来，老师啊，阿金老师呀，阿金哪，这个洋芋丝可是一等一地好。我们村啊，这地养人，养洋芋。我就没在别地儿吃过这样的洋芋丝……"

果真，一等一地好吃。

4

阿金悄悄问过青凤，是不是每个来溪村教书的老师，都被这样迎接过。

青凤摇摇头，认认真真地看着阿金说："他们都不是阿金。"

他们当然都不是阿金，可不都是老师吗？这样的礼遇难道不是给老师的吗？阿金惶恐起来。

"这样的迎接，我们村都准备好几年了。"青凤在盘子里挑来挑去，拿不定主意是选红色的糖果还是选绿色的糖果——糖果不多，每次只许拿一颗。

准备好几年了？我今年才毕业呢，那这个"迎接"跟我关系不大吧？阿金毫无把握地想。

"可惜，每半年就换一次老师，换得阿婆都叹气了，换得村里都准备了好几遍火把啦。小龙刚上学那会儿我们就盼着这场热闹，好啦，"青凤拿出红色的糖果，"等我上学了，总算盼到了。阿婆说过，今年是个好年。"

阿金把其余的糖果收进柜子里。

"本来村主任阿爷说，要再等等看看。可阿婆说了，错不了，你就是个好老师。"

她都不知道自己能不能成为一个好老师呢！再说了，这次回去，阿妈说她打听过了，这里太偏远，来的老师待半年就走了，让她半年后一定下山去。她要是下山去了，阿婆该多难堪啊。

不过，这个学期才开学不久呢，到时再说吧。

阿金也说不清，自己到底想不想下山去。她觉得在这里也不错。

"上一个老师倒是愿意待在我们学校，可他被村主任阿爷赶下去了。"青凤咯咯笑起来，"你不知道，村主任阿爷可生气啦，拿着鞭绳看着那个老师收拾行李。"

"啊？为啥赶他呀？"

"村主任阿爷说，他不好好教，就图在这儿清静，好混日子，耽搁了我们，不对，耽搁了桐子他们。"

桐子？阿金想起他就有些头疼，他的数学好歹好些了，可他到现在还分不清"an"和"ang"，真是的！阿金有点生气，以前的老师教得也太不负责任了。

不过，青凤说来说去，也没说她为什么是一个好老师呀。阿金的心痒痒起来，装作不在意地问："老师的课上得还不错吧？"

青凤点点头，慢慢剥开糖纸，闻了闻，放进嘴里，满足地眯了眯眼睛。嘴里有糖，说话就有些含糊："你讲课不如阿婆讲故事有趣。"

讲课当然不如讲故事有趣！

讲课得讲知识，讲要点，教学大纲上都明明白白写着呢，难道只去管有趣？

不过，青凤没说过阿金的课上得好，阿婆又没来过学校，她怎么知道阿金是个好老师呢？阿金也想知道自己是不是个好老师呢！

"阿婆说过我吗？"

青凤哑着嘴里的糖，想了想，说："说过，阿婆跟村主任阿爷说过你是个好老师，让阿爷准备好火把。"

"就这样？"

青凤重重地点点头。

阿金重重地叹了口气，她还是没弄明白自己是不是个好老师。不过，阿婆说是，就肯定错不了，对吧？

第六章　画出山河与村庄

1

阿金发现，路过学校的人多了，专门来学校的人也多了。

一大早，她刚开始生火煮草药（阿婆给的，说是村里哪个阿婆上山摘的，专治嗓子不舒服，真有效。她隔个几天就煮一罐喝喝，嗓子没再干疼过），就看见有人从学校门前走过。

上学的时间也就算了，可是上学前、放学后或者放假的时候，路过学校的人也总要过来跟她打声招呼。背着背篓的，常常从背篓里拿出点什么来，放在她宿舍门前的那个石板上。若是山里果子多的季节，石板上常有板栗、柚子、橘子、橙子，还有一种红艳艳的小浆果，用大片的树叶包着，隔着树叶都能闻到香味。要是背篓里没有果子，哪怕只有两棵葱，他们也要掏出来分一棵给她。

真奇怪，以前怎么就没人从这里过呢？

她从柜子里拿出糖果，悄悄问青凤。青凤从盘子里挑出一颗绿色的糖果，不在意地说："山里路多得很，想走哪条走哪条。以前大家想走别的路，现在想走这条路啊。"

阿金让她把绿色的糖果放下来，帮她挑了一颗咖啡色的糖果。青凤把糖果放进嘴里，皱起眉头："这是什么……"阿金笑着不许她把糖果吐出来。"嗯，味道有点怪，但很香甜。"过了一会儿，青凤满意地说。

当然香甜，咖啡糖是阿金最喜欢的糖果。

她把在校园里玩耍的孩子喊过来，分糖果给他们吃。校园里爆发出一阵欢呼声——几乎所有的孩子都在！自从知道她带糖果来了，放学后留在学校里的孩子一天比一天多。阿金的糖果当然一天比一天少。

阿金原本是打算将这些糖果当作奖品发给那些表现好的孩

子的。可是，她把第一颗发下去后，就知道这样做行不通了。珍朵画了一幅好漂亮的画，她把日常绣的花画到了纸上，阿金奖励了她一颗糖。孩子们就跑过去围着珍朵，而珍朵呢，她把糖放进了口袋里。

阿金问她为什么不吃。"糖好吃，"珍朵红着脸，说，"我想带给我阿婆吃。她牙不好，很多东西都不能吃。这么漂亮的糖，她看见肯定高兴。"

阿金摸摸珍朵的头，沉默了一下，又拿出一颗糖来："你吃吧，这颗给你阿婆。"

珍朵这才小心翼翼地剥开糖纸。

剥开了糖纸的糖果被每个人闻了一下。大家夸张地耸动鼻子，吸着气："好香！"

不知为什么，这样的场景让阿金心头发酸。

"来来来，排好队！"她说，"吃完糖记得漱口。"就这样，她的糖果从奖品变成了赠品。

"每个孩子都应该能吃到糖，"她对自己说，又补充道，"如果有的话。"

一颗糖，那么小，却能带来那么大的快乐。这是她完全没有想到的。这里的孩子似乎总是能把快乐放大。

她让青凤给大家发糖果，自己坐下来批改作业。"唉，这些作业真叫人头疼，也不知道上次那个老师怎么教的！你看

看，709除以4，余数居然是25！"她在心里嘀咕。

阿金从门口探头往外看看，所有的孩子都安安静静地坐在那里，认真地咂着嘴里的糖果。哼，要是做作业也这么认真就好了！她把头缩回来。孩子们吃糖的时候应该不被打搅，她想着，在作业本上打了一个大大的红"×"。

那些专门来学校的人是因为什么呢？原因很多。

借铅笔的，说是阿金的铅笔更好用。原来，女人们会在纸上画出要绣的图案。"我们会去买花样子，但是如果想绣自己想要的样子，就得画。"她们解释说。集市上卖的花样子，常常没有她们想要的，那就只好画了。

有次阿金帮一个头帕上绣着酢浆草图案的阿婆画了花样子后，借铅笔的就期期艾艾地问她能不能帮忙画花样子。

画吧画吧，阿金在师范上学的时候，音乐成绩虽然不怎么样，但素描课的成绩可是得过高分的。

画什么呢？

"画山吧。底下先画三排山，再画一条河，然后再画一个村子……"

阿金瞪大眼睛，这个她可不会画！这山啊，水啊，还得讲究个布局什么的，她可不会画。她就会一点素描，还有画个简笔画什么的。上次那个"酢浆草"阿婆要画花藤子，对她来说，那是没问题的。她画了很多，"酢浆草"阿婆乐得一个劲

儿夸她"好姑娘"。

听她说"不会"，来请她帮忙的头帕上绣着燕子图案的大婶也愣了。

"老师你不会？老师你这么能干，这个你不会？"她站起来，看起来有点生气。

阿金觉得肯定有什么误会，赶紧说："我先试着画画看……"她画了一座山又一座山。山间应该有雾霭，于是她就画了几缕云雾。河怎么画呢？她想了想就画了点水波……

阿金觉得自己其实画得还不错。这是一幅山水图，她想。

"这这这……老师你说不会是真不会呀。"大婶涨红了脸，很不好意，"差点错怪老师了。老师莫怪、莫怪。"

阿金低头看看自己的画，画得挺好啊！

大婶红着脸，只管借铅笔："不好意思呀，老师，莫怪、莫怪，我回家让我们大妞画。她能画。"

她家大妞能画，她不能画？阿金悄悄嘟嘟嘴，拿了支铅笔给她。

"老师，这……"大婶眯着眼睛看看铅笔，又递了回来，"有些钝。"

"钝？"阿金愣了一下。

"对。"大婶摸摸笔尖，理直气壮地说，"你看，钝着呢。"看到阿金还是不明白的样子，她又耐心地解释了一句：

"笔头尖画的线条才细，线条细才好绣。"

阿金明白了。她有一把卷笔刀，能把笔削得又好看又尖，怪不得大家都来找她。她想起孩子们的作业，笔迹有清晰的，也有模糊成一团的。这和铅笔有关吗？有些孩子是会来找她削铅笔，可不是每个孩子都来找她。

2

第二天，阿金把卷笔刀拿到了讲桌上。卷笔刀先是在一年级的讲台上，可不到中午就到五年级讲台上去了。一年级那群家伙，他们把卷笔刀当玩具呢，转啊转，结果一支完整的铅笔没一会儿就半截没有了。铅笔少了半截的孩子又哭着来找她："铅笔短了……"

能不短吗？一直这么转啊转的！

五年级的孩子就好多了。他们吸取一年级同学的教训，转得很小心，转两下就抽出来看看，笔头尖了就不转了。

阿金很好奇："你们平时用什么削铅笔？"

"柴刀。"

"砍刀。"

"剪刀。"

"剪刀！你阿妈没揍你？"阿金问桐子。

"没，正好我阿爸在家，他揍的。"桐子抽了口冷气。

削铅笔不是用小刀吗？阿金问："你们没有小刀吗？"

"小刀，有的啊。我阿爷就有一把，那是他刻花样子的，不能动的，要是动了，屁股会被打烂的！"

听了杉果的话，大家笑成一团。

"我阿婆有把削蜡的小刀，也不能碰。"

"我阿妈有把雕花的小刀，可漂亮了，那是她专门用来做雕花茶的，不能削铅笔。"

这样啊。阿金点点头："你们以后来学校削铅笔吧。"

放学后，阿金改作业，青凤照旧坐在门槛上，这次玩的是翻花绳。一个人怎么玩翻花绳呢？阿金偷偷瞧了好几次，青凤把绳子缠在手上，左翻右翻，玩得很高兴。

"阿金，珍朵找你。"青凤说。

阿金抬起头来，看到珍朵红着一张脸站在门口，使劲摆手说："没有没有，老师，我没找你。"

"你在门口转来转去，不是找阿金吗？"青凤问。

珍朵耳朵根都红了，站在那儿不说话。

阿金走过去，问："珍朵，是有什么事情吗？"

"老师……我阿妈说……那个画……给你看。"

"你画了画？来呀，给老师看看。"阿金来兴致了。昨天上了美术课，她让孩子们画自己的家乡，一个个……唉，瞎画！

珍朵从书包（说是书包，其实是个精致的布兜）里掏出一张纸："昨天我阿妈来过，她说让你看我画的……"

哦，昨天那个头帕上绣着燕子的大婶原来是珍朵的阿妈呀，阿金想着，低头看画：三排三角形，一排波浪形，还有一个用四排收拢的伞形围出的方形，方形里，有三角形和方形组合成的图形，还有一个个画得密密实实的小格子。这是画的什么？还挺好看的，可惜整个图形有些往右上方跑，斜了。

"珍朵，你阿妈要给你绣裙子吗？"青凤凑过来，问。

哦，这是花样子，昨天她阿妈要画的就是花样子。阿金想起来了，村里有人穿着绣着这种花纹的裙子，可好看啦！唉，她什么时候能有这样一条裙子呢？阿金叹了口气。什么时候都没有，她又不会绣花，而这样的裙子才没有卖的呢。没有卖的才好，要有卖的，她也买不起。这样的绣花裙子，她那点工资哪能买得起呢？

珍朵摇摇头："没有呢，我的裙子还能穿。"

"那是给谁做呢？"

"不知道，"珍朵害羞地笑，"阿妈只要我画花样子，可是我没画好。老师，能不能……"

阿金看了看，进屋拿出一把尺子："珍朵，你先在纸上轻轻画一条直线，在直线上画一排山，然后再画一排直线，一排山……明白吗？这样画就不会往上斜。"

珍朵不接尺子，只是看着阿金笑，一副有话想说又不敢说的样子。

那样子逗笑了阿金。她问："珍朵，想要做什么，要大胆说出来。"

珍朵咬咬嘴唇，说："我阿妈说，要请老师画。"

那个大婶啊，她不是说她家大妞会吗？怎么又要珍朵来找她呢？哼！

看到阿金没说话，珍朵的脸红透了。阿金不忍心，接过她手里的纸："好，老师照着样子给你画一张。"

"这是山，这是河，这是我们的村庄……"阿金画着，青凤凑过来说。

青凤轻轻哼起来：

日月从东出，
日月往西落，
日落的方向，有山河。
…………

这是什么歌？真好听。

有山，跨过山。

有河，跨过河。

家园家园奈若何？

…………

阿金停下来，笔停在那里："青凤，这是什么歌？"

"老歌呀。"青凤不在意地说。

"你再唱唱。"

"我们一起唱。"青凤拉拉珍朵。珍朵看看阿金，阿金连忙点头。屋子里响起两个小女孩细细的歌声。

阿金一边画，一边听着。

"这里是山，阿金！"珍朵突然说道。

阿金这才发现，自己在两排"山"的上面画了一排"波浪"，而珍朵是在三排"山"的上面画了一排"波浪"。不都是图案吗？这样两排"山"，一排"波浪"，组合起来多好看。

"这样更好看。"阿金把画拿起来看看，说。

"不行啊。"珍朵着急了，"这个花样子不能改。"

"阿金，"青凤说，"你得按着样子画。"这小丫头，说话时一副老气横秋的样子，格外有趣。

"好好好，改改改。"阿金拿出橡皮小心擦去一排"波浪"，画上一排"山"。"你们接着唱啊。"她头也不抬地说，"我会认真照样子画。"

青凤和珍朵唱着唱着就去玩翻花绳了。阿金一个人慢慢画。画好了，她居然有些舍不得把画递给珍朵。珍朵看着她，拿过画，也不说话，鞠了个躬就跑了。跑出老远，珍朵转过头来，说："谢谢老师。"

阿金笑着摇摇头，正要进屋去，没想到珍朵又跑回来了，她微微有些喘："老师……老师……你去看捉鱼吗？"

"捉鱼？"

"对呀，我阿婆在家碾醉鱼草，今晚我们就将醉鱼草放到水潭里，明早我们去捉鱼。"珍朵说。

阿金眼睛一亮："我可以去你家看阿婆碾醉鱼草吗？"

"碾醉鱼草没什么好看的，就是碾啊碾。"珍朵笑出来，"老师要是喜欢就来看吧。"

3

珍朵家里静悄悄的，只有她的阿婆在。珍朵的阿婆是个瘦瘦的老婆婆。看到阿金，她愣了一下，立马就笑开了，也不说话，放下手中的碾子，起身进了后面的一间小屋子，不一会儿，她端着个木盘出来了。木盘里放着一瓶罐头。

"老师——"她示意阿金，"没好的招待呢。"

"我不吃不吃！"阿金拼命摆手。罐头可是金贵东西，是

过年节时给老人们送的好礼品。在家里，她阿妈每年过年都会把送到外婆家的罐头啊，饼干啊，清点一遍，大家送来送去都舍不得吃，有些都过期了。这个罐头也不知是谁送给珍朵阿婆的，她怎么好意思吃掉呢？

"珍朵常说你好哩。"珍朵阿婆说。

"谢谢阿婆。"阿金把罐头连同盘子放到堂屋那张方桌上，看着地上那鲜艳的紫色花朵问，"这就是醉鱼草吗？"

"是哩是哩，"珍朵阿婆说，"珍朵帮我采的。"

阿金看看碾盘里的草汁，问："我可以试试吗？"

"这有啥……"

"蓝阿婆，"青凤喊道，"我也可以试试吗？"原来珍朵阿婆叫蓝阿婆啊。

"青凤啊，乖，先让老师试试。"蓝阿婆说着，用袖子抹了抹自己刚坐过的小凳，"老师，坐这里。"

阿金坐在小凳上，学着蓝阿婆的样子，拿着碾子碾醉鱼草。她小时候，隔壁是村里的小卫生所，卫生所的姚医生就有一个这样的碾子，不过，他那个是铜的，比这个小巧精致许多。她记得，姚医生喜欢在午后从好多个小抽屉里拿出中药，坐在屋门口，用碾子来回细细地碾。碾过的中药散发着浓浓的药味。

蓝阿婆的碾子是石碾，阿金没碾几下，胳膊就酸了。

"我来我来。"青凤说。

青凤那小胳膊，没碾两下也不行了。

"老师，我来呀，"蓝阿婆在旁边笑着说，"你们去堂屋吃果子。"阿金她们玩碾子的这一会儿，蓝阿婆从里屋提出了一个小篮子放在方桌上，里面装了半篮火红的橘子。

阿金爱吃橘子。

她一口喝了半杯珍朵端来的茶，就是那种莓茶，然后拿起一个橘子慢悠悠地剥起来。蓝阿婆手巧，石碾的碌子在她手里滚得又快又好，像是没了重量。

蓝阿婆将碾好的草汁倒进一个小木桶里。等到木桶装得半满了，蓝阿婆就放下石碾："老师，在我家吃晚饭，我去置办点菜。"阿金赶紧摆手。她可不是为吃饭来的，家里添个客人，得多费不少事。她回学校煮个粥或者烤个糍粑就行，做哪样都简单。再说了，她也喜欢一个人安安静静地吃饭。

蓝阿婆一定要留她，吓得阿金赶紧跑。

珍朵在旁边笑。阿金跑出屋子，珍朵又跟着青凤追了过来："老师，我们晚上去水潭，你去吗？"

当然去！

4

这是阿金来溪村后第一次晚上出去玩。

珍朵提着小木桶，走在前面。她们没有走村里的大路，而是沿着一条小路绕过村子（青凤说得对，山里果然有很多路），往山溪那边走。月亮没出来，有些黑，山路上长满草，踏上去沙沙响。旁边的草丛、林子里，更是不时有一些奇怪的响声传出来。

　　阿金有些紧张，每步都走得很犹豫。珍朵却脚步轻盈，走得很快，不一会儿就在一个拐弯处不见了。

　　旁边的黑树林中冲出一个黑影，吓得阿金"啊"地叫了一声。

　　珍朵听见老师的叫声，回头跑过来了："老师，老师——"听见扑棱扑棱的声响，珍朵喊了一句："这些个冒失鬼！"

　　鬼？阿金更怕了。

　　"莫怕，老师，是鸟雀。我看不清，瞅着它应该是长尾雀。这个时候了，它还瞎逛！"

　　哦，长尾雀呀。那就是黑乎乎的一团，珍朵居然还能分出是什么鸟！阿金舒了口气，很佩服珍朵。她说："珍朵，慢慢走吧。"

　　说慢就慢下来了。

　　"夜里也有鸟出来吗？"阿金问。她记得鸟雀在黄昏热闹过后，就都消失不见了。古诗里还有一句"鸟倦飞而知还"呢，写的就是这个。

　　"有啊，夜猫子（猫头鹰），说是在哪儿叫，哪儿就运道不好呢！我们可别碰上，不然明天就不能捉鱼了。"

　　"碰上夜猫子和捉鱼有什么关系？"

"碰上夜猫子就说明运道不好，运道不好就捉不着鱼，捉不着鱼，还用得着去吗？"

"这倒是。那晚上就没有给人带来好运的鸟吗？"

"有啊，有一种鸟叫金嗓子雀，据说羽毛发黑，个子很小，但叫起来声音好听得不得了！我没见过，我阿婆说她见过。她听到金嗓子雀叫的时候，正在地里种土豆。后来，那块地收成特别好。一直到现在，那块地种出的土豆还是圆溜溜的，不大不小。我们管那块地叫金雀地呢。那是我阿婆的地……"没想到，珍朵的话匣子打开了，其实她挺爱说的。

"等下，金嗓子雀晚上出来唱歌，那你阿婆晚上种土豆？"

"对呀，我阿婆看了天，说那几天月亮很大很亮，晚上种土豆和玉米，能长得好。前年，我们家的土豆也是晚上种的，收土豆的时候，土豆多得阿爸的筐都装不了。"

"这样啊……"

"老师，晚上要是看到小小的灯，也不要害怕。"

"小小的灯？"

"对呀，那是山狸打的灯。"

"山狸的灯？"

"对呀，听说山狸有时会和新娘子一起出来散散步。他们很害羞，看到小灯就绕一下，别打搅它们。"

山狸的新娘子？阿金想了想，觉得好玩。她想起那晚的火

把和歌声，说："珍朵，你会唱山歌吗？"

"山歌？"珍朵迟疑了一下，"山歌是什么歌？"

"山歌就是在山里唱的歌呀，"阿金说，"你和青凤今天唱的那种。"

珍朵肯定没想到是这个答案，咯咯笑起来："哦，就是我们的老歌呀。青凤会得多，她还会唱长调呢。长调我不会，短调……老师，我给你唱个短调吧。"

她唱起来，声音细细的：

山哟，山哟，青青山——
水哟，水哟，亮亮水——
青青山上花花儿开。
花花儿开，凤鸟来，
凤鸟来了日子平太太。
…………

珍朵的声音在山里缭绕。阿金觉得这声音就像泉水发出的叮咚叮咚的声音，说不出地清甜。

阿金顾不得什么是"长调""短调"了，低头去找泉水，只见黑乎乎的路上偶尔闪露出一点银光——泉水在草叶下流淌，夜晚，在月光的照耀下，有水的地方会闪光。

这道山泉汇入山溪的地方，有一个水潭。水潭和山溪间只有浅浅的水连着。这段时间天晴，月光下，水潭里的水闪啊闪地亮着。

珍朵把木桶里的草汁从潭边小心地倒入水潭里。

"好了，老师，回吧。"

"明早我要来。"

"好，我去喊你。"

5

东边的天空刚上来一抹红霞，珍朵就来找阿金了。

山野的早晨和晚上可大不一样，她们走着走着，天光变得更亮了。漫山遍野的鸟雀都在鸣叫，叫声欢欢喜喜、清清脆脆。山野正在逐渐改变颜色，深沉的绿色里出现了深深浅浅的红、紫、黄。

> 花花山的花呀，花花山的水，
> 花花山的果子，甜滋滋的嘴。
> 花花山的人呀，花花山的路，
> 花花山的凤鸟，绕绕儿地飞。
> …………

那是青凤的歌声。来的不单是青凤，还有小龙，他们俩像

珍朵一样提着小竹篮，站在前边冲她们笑。

"我来帮你们捉鱼。"青凤说。

"你不许捉鱼，在潭边看我们捉鱼。"珍朵赶紧说。

"我要捉鱼。"小龙赶紧说道。

珍朵点头。

奇怪，夜晚那走起来很长的路似乎变短了很多，不一会儿他们就到了水潭边。小小的水潭上，浮着好多手指大小的小鱼。

啊，这样捉鱼可真带劲！

阿金蹲下来，伸手就去捞鱼。没想到，水波一动，鱼游走了。

珍朵懊恼地低低叫了一声："轻点，老师！再这样，鱼都跑掉啦！"

"哎呀，实在是不好意思。"阿金赶紧把手缩回来，蹲在水潭边看他们捉鱼。青凤挨着她蹲下来。

"阿金，醉鱼草的汁液能让鱼睡着，但动静一大就会闹醒它们，它们就跑了。"青凤凑到阿金耳边，小声说，"我头一次跟小龙去捉鱼，一跳下水就把鱼全给惊跑了，小龙用好大的嗓门说了我一顿！"

"真的呀？"阿金也学她，小声说话。

"真的，为采那些醉鱼草，小龙在山上还被毒藤缠上了。啧啧，他满身都是红包包。为了不让他挠破，阿妈用棉布缠住他的手。阿婆煮了两大锅艾叶水给他泡澡，才把他泡好。"

阿金左右看看："毒藤是什么样子？"

"毒藤——我也说不好。不过，路边是没有的，阿金放心走路。"

阿金放下心来看他们捞鱼。

原来，那个扁竹篮是用来捞鱼的。珍朵和小龙一左一右站在水潭边，轮着把手里的篮子放进水里。他们把篮子轻轻地往水里一放，即刻就提起来，鱼就到篮子里了。

看着好简单啊，阿金跃跃欲试。

"珍朵，我能试试吗？"

珍朵笑了，把篮子递给阿金："老师，入水的时候手要轻。"

"嗯。"阿金学着她的样子，把篮子往水里一放，没想到水潭里咕嘟咕嘟冒出一串串水泡，原本浮在水面上的鱼像是一下子惊醒过来，钻进水里不见了。

"老师！"小龙怪叫一声，"笨老师！"

青凤咯咯笑，珍朵也笑，阿金瞪了小龙一眼，跟着也笑了。

"实在是不好意思呀！"

朝霞布满天空，初秋那斑斓的色彩在山岭间起伏。阿金深深地吸了一口气。微凉的空气中弥漫着草木的香味。

她回过头，看到苍茫的大山中，这个小小村寨里升起的袅袅炊烟，一种别样的情感在她心头升起。

"好美。"

第七章

大雨哗啦哗啦下

1

　　阿金忙了起来，最近总有人问她："老师，去不去？"去干什么呢？干什么的都有，摘蘑菇啦，打板栗啦，采草药啦，找果子啦，捡柴火啦，还有问她去不去山里逛的，真是，真是……真是什么呢？阿金也说不上来，虽然不一定去，但觉得天天心情好得很。

下午第一节课还没上完，天就阴沉下来。

"老师，报告！报告，老师！"三年级的蚕豆举起手，打断了正在给一年级上课的阿金。

"什么事？"阿金有些不高兴，正在讲难点呢，被打断一下，大家的心思就不集中了，想要让大家听明白，只怕得重讲一遍。

"老师，我要回去了，天气不好。"蚕豆指指外面。

阿金探头往外面看看，没下雨。

"老师，一会儿下大雨，我得赶紧回去。"蚕豆有些着急地说。

阿金记得蚕豆并不住在村里，而是住在山里，离学校挺远。山里如果下大雨，那些藏在林子里的山溪会暴涨，水冲到路上来，很不安全。"好，你赶紧回去。今天的作业是……"她布置完作业，又问，"还有谁需要先回去吗？"

一年级的笋子站起来。她是蚕豆的妹妹。

"快点回去吧。"

两个孩子背上书包匆匆忙忙走了。剩下的孩子们像水里的葫芦，按下这个，那个又冒上来，课堂有些闹哄。

真的会下大雨吗？

阿金站在走廊里，看着天空。天空有些阴沉，但似乎没有下大雨的样子。要不要提前给孩子们放学呢？"先把这节课上完。"阿金说着，又进了教室。

正要下课，突然砰的一声，一扇窗子撞到了墙，坐在窗边的几个女孩尖叫起来。

还好玻璃没碎，阿金赶紧喊道："关窗！"

几乎每个孩子都从座位上站起来，靠窗的孩子一窝蜂去关窗，把窗户全关上了。

起风了，起了大风，风把学校后面的树林刮得呼呼响。不知什么东西被吹了起来，又撞在了哪里，教室外面传来乒乒乓乓的声音。天空迅速暗沉下来，屋子里也黑了。阿金去开灯，没有电。

现在她不能把孩子们放回去，雨说不定哪个时候就会下来。一下雨，山路湿滑，要是万一……蚕豆他们这会儿到家了吗？……阿金站起来，有点生气。都到秋天了，怎么还会有这样的臭天气！

她把五年级的孩子喊过来，大家坐在一起。

坐在一起，干什么呢？总得干点什么吧。

孩子们倒是一点也不怕，叽里呱啦说闲话，声音比风声还大。

突然，一阵奇怪的声音从远处跑来，眨眼间就到了近前，噼里啪啦的，像倒豆子似的。

不知是谁喊了一声"下雨啦"，大家就都叫起来："下雨啦！"

雨点落在地上，砸出一个个小坑。似乎是眨眼间，雨就从

"落"下来变成了"泼"下来。瓢泼大雨哗哗而下，学校前面的山都看不见了。在教室里，说话声音小了，旁边的人根本听不着。阿金一个一个拍过去，示意大家坐好，不要吵闹。

教室里的安静，让屋外的雨声显得更加响亮。

阿金突然想起来，学校就是建在山坡下。她凑到窗边朝外看。雨把后山茂盛的树木洗刷得湿淋淋的。

"没事，"她小声对自己说，"树木好就不会出现滑坡。"

珍朵耳朵尖，听到了阿金的话："老师，不会的。阿婆说过，护好山，护好林，山神不会发怒的。山神不怒，就不会出现滑坡。"

阿金知道，山神是故事里的神，听到珍朵这么说，阿金不由自主地松了一口气。

"不知道蚕豆他们怎么样了？"阿金说。

桐子举手，阿金点点头。

"蚕豆他们肯定在谁家躲雨，"桐子说，话语中带着羡慕，"他们肯定能吃到好东西。"

躲雨跟吃东西有什么关系？

"是啊，是啊。"

"这么大的雨，山上的人家说不定会敬山神。"

"敬山神时人们会炸油果子，油果子啊……"

男孩子们为那自己吃不到的油果子哀叹起来。

　　阿金心里一松，笑出来。笑了，她就有心情听雨声了。窗子都关着，屋外雨越大，就越发显得教室里清爽、舒适。

　　做点什么？什么也不做，就听雨。阿金也不找凳子坐。教室门开着，她坐在教室的门槛上。这时，她才发现学校这抵得上半间屋子宽的走廊有多好。

　　雨哗啦哗啦地下着，从屋檐上泼洒下来，像一道水帘子。

　　青凤站起来，坐到阿金旁边，阿金挪了挪。珍朵站起来，

坐到青凤旁边，阿金又挪了挪。孩子们都站起来，有的坐到后门的门槛上，有的就坐在门廊的地上。

大家都看雨，男孩子们也不例外。

雨下得那么大，下得那么急。又大又急的雨仿佛把这所小小的学校围成了一个小小的岛。他们坐在岛上，相互依偎着。

蚕豆和笋子要有地方躲雨才好啊……

2

不过，直到第二天，看见蚕豆和笋子进了教室，阿金的心才完全放下来。

"你们遇上雨了吗？"

"遇上了，"蚕豆兴奋地说，"我们才走到半道，雨就来了，下得好大好大。老师，我的背都被砸疼了。"

笋子在旁边一个劲儿点头。

"那你们怎么办的？你们在半道上有没有遇到人家？你们到哪里躲的雨？躲在山洞里吗？"阿金看他们满面笑容的样子，实在觉得那遇着雨的事情不用着急，但还是心提着放不下来，山上那些人家相互间隔得远，谁说下雨他们就能恰好遇到人家呢？她昨天竟然还信了他们能吃到油果子的事。

"嘿，老师，还躲山洞呢！"蚕豆笑得捂住肚子。

阿金的话逗得大家哄堂大笑。

桐子笑得拍桌子："老师，我们这里的山洞可不能随便躲，不知道有多深呢，有时还会发水！"

"对呀，据说有的山洞通着龙王的东海呢！"

阿金想起来，这里的山有溶洞。不管溶洞的洞口大还是小，你都不确定它通往哪里，除非你探过一遍。

她瞪了他们一眼，问蚕豆："那你们怎么办的？"

"到人家家里躲雨啊。"蚕豆说，"路上的人家都认得我们。他们生火给我们取暖，衣服一下就烤干了。"

"我们还吃了敬山神的油果子。"笋子笑眯眯地说。

居然真的吃到了油果子！不过，他们这一路上确实没几户人家，不是想躲雨就有地方躲雨的，这次他们是运气好。阿金提醒自己，下次一定要早点注意天气，不过，她不会看天气啊……唉，反正秋天了，突发变天的情况少，再说吧。

"下次天气不好，就别往回赶了，大不了跟老师住一晚，听见没？"阿金叮嘱笋子。笋子嘻嘻笑着，不点头也不摇头。

"老师，他们可以住我们家。"小龙说。

"住我们家。"桐子说，"蚕豆的阿婆是我姑姑的阿婶，他们和我家亲。"

蚕豆说："我们住老师那儿。"

阿金不去理他们，开始数人数，看人齐不齐，好准备上

课——昨天听雨，漏了一节课，趁着早读时间补一点是一点。

阿金数来数去，发现杉果没来。

"老师，我去他家问问。"桐子说。

阿金实在不放心，昨天那场雨太大了，只好冲桐子点点头。

桐子跑得快，上课前就赶回来了："老师，没事，杉果今天不来上学。他们家有块地被冲垮了，他和他阿爸在修地呢。"

阿金眨眨眼，一下子没明白桐子的话。桐子又说了一遍。这下阿金听明白了。可是，今天上学呢，让孩子修什么地？

"老师别担心，谁要不来，准是家里有事。村主任阿爷说，他盯着我们上学的情况呢。逃课我们是不敢的。"小龙说。

阿金咬咬牙。对孩子们来说，上学才是大事！

她憋着一口气，好不容易才挨到放学。放了学，她不批作业，也不备课，拔腿就往村里走。走到半道，她停住了。去找谁？杉果的阿爸？

阿金最怕去找人麻烦。那年在学校，她把被子晒在楼道里，谁知楼上泼水，把她的被子淋湿了。她非常生气，扬声问了一句。没想到，楼上的同学噼里啪啦地把她说了一顿。她不再说二话，抱着被子就进了寝室。同寝室的同学气不过，要帮她去争论，她怎么也不答应。

要不，去找阿婆？

阿金摇摇头。她想起来，她进村后，是老主任送她来学

校的。

阿金转身招招手——青凤跟着她呢。

"青凤，你知道老主任家在哪儿吗？"

青凤点点头，领着她进了村，走进一户大院子。院子很大，柴房被堆得满满的。

"村主任阿爷——"青凤喊了一声。

出来的是一个阿婆，她包着头帕，手里拿着一把火钳子。

"青凤啊，哎哟，老师哟，快快快，屋里坐……"她连忙把阿金往屋里让。

阿金犹豫着问了一句："老主任不在吗？"

"下地去了，"村主任家的阿婆说，"一会儿就回来，老师来坐。青凤，你帮阿婆到鸡窝里去摸摸，看鸡下蛋了没有。"她又转过头来跟阿金解释道："前阵儿攒的鸡蛋，昨儿个去看了个老姐妹，送掉了。"

阿金一听就明白。农村家里来客，没什么菜，都是先看鸡窝里有没有蛋。这是在留她吃饭呢。她连忙摆手。

"快收稻子了，老杨去地里看看，应该要回来了。"村主任家阿婆说，"老师你坐会儿，我去倒茶。"

上学的事，是大事。阿金不能走。

村主任家阿婆搬来凳子，倒了茶。青凤也摸来三个鸡蛋。三个人说着闲话。说是三个人说闲话，实际是村主任家阿婆

问，阿金答，青凤听。

阿金家有三姊妹，她排行老二，初中毕业后上了师范；大姐读书用功，在上大学；三妹刚上高中。阿爸是个木匠，有活干就出门干活，阿妈管种地。一会儿工夫，阿金全说了。

村主任家的阿婆佩服不已，说道："大学哟！我们家老杨就巴望着村里能出个大学生，说那就跟中举一样！你阿爸阿妈供你们三个人读书，了不起啊，也不容易。"

当然不容易。阿金叹了口气，还好她上师范不花什么钱，每个月还发点生活补贴。就是这样，她也看着阿爸阿妈的头发一簇一簇地变白。可惜啊，她还不能帮上家里的忙。

"哟，老师，阿金老师，稀客呀。"老主任的声音从篱笆外边响起，他一身泥一身水地走进院子。

"这是——"村主任家阿婆呼地站起来。

"杉果家那块地被冲垮了，我去帮了帮忙，没事没事。"他解释了一句，转头笑眯眯地问阿金，"阿金老师是为啥事来的呀？"

"老师来，就是来，你说你……"村主任家阿婆嗔怪道。

"就为杉果没上学的事来的。"阿金说。

老主任得意地点点头："我一见着你，就猜到肯定是为这事。我已经说了杉果阿爸一顿。你说以前没好老师，孩子们被瞎耽误。现在，有了个好老师，他还来耽误孩子……老师，阿金老师，你放心，今晚我给大家开会，说道说道这事，这事不能再发生了！"

阿金松了口气。她想起村主任多次说她是"好老师"，都高兴得脸有点红了。

"唉，昨天那场雨太大。山溪被冲垮了一段，水冲进了杉果家的地里，又把他家的地冲垮了一道边，冲进下面的丘地里。眼见着要秋收了，冲坏的地多可惜。杉果阿爸一个人堵不了山溪，水还流得急呢，就把杉果留下了。哼，你说村里人，哪个不能帮忙，招呼一声就行。我瞧着，这事就得怪他。他真是牛脾气，有事不开口，还把孩子留家里干活，不让上学！"老主任说着说着火气上来了，转身要往外走，"不行，我得再说他一顿去。老师啊，阿金啊，你坐啊，我一会儿就回来。"

"你换身衣服啊！"村主任家阿婆喊道。

老主任已经出了院子。

阿金也要告辞。村主任家阿婆一把拉住她："可不能走，一定得在家里吃个饭。"

3

青凤回去了。阿金没走成，留下来吃饭。

饭食很丰盛，四大碗：一碗洋芋丝，一碗辣椒炒鸡蛋，一

碗炸鱼，一碗不知道用什么煎的饼。这碗可是海碗，大得很，饭食都装得冒尖了。

阿金判断了一下方位，很自觉地坐在西边的座位上。村里家家都朝南，进门左手边就是"西席"。

老主任很高兴，拿了酒要给阿金倒。阿金不敢喝，上次喝过头犯晕呢。

几碗酒下肚，老主任脸红了。

"老师，阿金老师啊——"他夹起一筷子洋芋丝，"你看咱们这个洋芋丝，必须用咱们这儿的洋芋才能做成这样，你尝尝。"

他都不知道自己说了多少遍"洋芋丝"了。阿金抿着嘴笑，又夹了一筷子。这个炒洋芋丝真好吃，不是很脆，有点糯糯的。

"老师，阿金老师，你看着——"他把夹起的洋芋丝用力往墙上一甩，洋芋丝啪的一声贴在了墙上。

阿金呆住了。

"哎哟，"村主任家阿婆笑起来，"又开始甩洋芋丝了！"

又？

"老师，阿金老师，你看洋芋丝贴在墙上，多稳当！"老主任得意地说，"只有我们这儿的洋芋才能做到。有年赶集，我买回几个好大的洋芋试了试。哈哈，压根儿就不行，贴不上！"

"这洋芋可是我们村的宝。往年老师来了，老杨也会请老师来家里吃饭，甩洋芋丝给他们看……可这老师不停地换，一来二去，他也没这心思了。"村主任家阿婆解释道，"老师你来了就好，你米了，老杨高兴，阿婆高兴，我们都高兴。老师你……过完年……不走吧？"

阿金听到老主任的呼吸声顿了顿。她笑笑，摇摇头。她阿妈是说过，让她教完这个学期想办法下山去。可教学，哪能只教一个学期呢？至少得教完一个学年才行。

"唉，我们也知道，我们这儿偏远，干什么都不太方便。老师们要走，我们也不敢留。可我们这儿，多好的地方……"村主任家阿婆说得有些伤心起来，"这周围的十里八村，都不如我们村。我们村人心齐。"

"老师不走，你伤心个什么？"老主任嗔怪了阿婆一句，又对阿金说，"对吧，老师？来来来，这饼你尝尝。"

这饼是用两片圆圆的饺子皮包着什么馅儿，然后用油炸成的。在村里，油炸食物不单费事还很费油，平日里是不做的。村主任家阿婆真客气！

阿金咬了一口，哎哟哟，香啊，里面包着的是一咬就油滋滋的腊肉！

"老师，阿金老师，你看啊——"老主任夹起一块饼，举起来，"你看，从这面可以看到那面去，透亮的灯影饼可不

是谁都能做出来的。这个饼啊，有讲究，皮要擀得薄，里面得夹肥腊肉，肥腊肉也要薄，要炸得透……瞅瞅，是不是？是不是？"

还真是！天色已经很黑了，屋里亮着灯。举起饼，对着灯望过去，能看到暖黄的光影。

"来来来，再吃，再吃。别地儿可吃不着，就我们这儿有。"村主任家阿婆夹起一块放进阿金碗里。

好酥，好香啊！阿金吃得很满足。村主任和阿婆的随和、亲热，让她有些恍惚起来，这是在哪里呢？怎么像是在家里？

4

杉果来得很晚，快上课了，他才到。他交给阿金一份检讨书和一篮橘子。

杉果说，那份检讨书是他写的，他不该逃课，而橘子是他阿爸的"检讨书"。

"老师，我阿爸一大早去摘的，你尝尝。他说，那片橘子树附近有一片桃林，明年摘桃子给你吃。那桃子——"杉果吞了口口水，"好吃得很！"

阿金说："下次早点来上学。"

杉果有点委屈："老师，不是我慢，我老早就起来了，是我阿爸慢，不过也不能怪他。那片橘子树林不近，真的不近。阿妈说天没亮他就出去了，来回路上都没歇一下。"

山里人说"不近"，那就是"远"。阿金第一次来溪村，一路问路，问到有人说"哦，近了，就在前面"后，她又走了一个小时。

她摸摸杉果的头，收下了这篮来自山野的"检讨书"。

"放学后留下来。"阿金说。

"老师，我没说坏话，没打架，没捣乱……"

"我知道，不是处罚你。"

"老师，是要我干活吗？我会干很多活。我帮你劈柴吧。"杉果兴奋地搓搓手。

"昨天你缺了一天课，放学留下来把课补上。"

"补课啊……"杉果的肩膀耷拉下来。阿金瞪了他一眼，笑起来："快，进教室，上课了。"

放学后，大家把那篮橘子分着吃了。橘子有子儿，酸酸甜甜的，格外香。

杉果的课还没上完，老主任就来了。阿金让杉果把剩下的题拿回去做。

"老主任。"

"老师啊，阿金老师，我来呢，是和你商量个事……"

阿金觉得奇怪，学校最近没发生什么事呀。

"那个……今年年成好，田里稻谷都饱满得很。"

的确，上次去捉鱼，阿金看到路边稻田里的稻穗都垂到路面上来了。

"上次那场雨，吹倒不少禾……连着晴了几天，得赶紧把稻谷收回来。不然，稻谷被捂在湿田里，气温一高……"

这个阿金知道。被大风吹倒的稻谷不好收割。湿地会把稻谷捂坏，确实要把稻谷抓紧收回来。不过，这和阿金又有什么关系？

"老主任，要我帮忙吗？"阿金突然想到，问。请人帮忙的话确实不太好意思说出口。

"不是不是，"老主任说，"哎呀，哪能让老师帮忙！是这样的，老师啊，阿金老师啊，我们呢，到秋收的时节，一直有这么个事，就是家里大事大人们做，可还有好多小事，比如，送水啦，烧饭啦，劈柴啦，捡穗子啦，晒谷收谷啦，需要孩子们做。别看孩子小，也能干不少活呢。"

是的，除了做饭，这些活阿金几乎都干过。大姐在家的时候，大姐做饭。大姐出去读书了，阿金又能顶半个劳力下地干活了，家里就留三妹做饭。

"而且啊，重要的是，这农忙啊，地里得有孩子们的声音。他们闹啊，我们心里就松快，干起活来就有劲儿。"

这话说得有水平！阿金在心里给他鼓掌。不过，她还是没

明白，村主任为什么找她说这些。

"老师啊，阿金老师啊，往年我们学校都有农忙假……"老主任看着阿金，嘿嘿笑。

哦，阿金猛然醒悟过来，这是在提醒她放农忙假呢。

放放放，应该放。

"阿金啊，老师啊，这假啊，和杉果那事不一样。"

当然不一样，农家孩子得干农活，得会干农活。田野就是他们的教室，农活就是他们的作业。

看到阿金一个劲儿点头，老主任开心地笑了："那老师啊，阿金老师啊，这假什么时候放？放几天呢？"

哈哈，村主任老伯考她呢。这农忙的假期放多久，不由学校说了算，得听村里的。这稻子，在不同的地方成熟的时间会稍微有些区别，家家收稻的日期也会有些不一样。村里大多数人家的稻子都成熟了，要收割了，在这个时间段放假才对。

"村主任老伯，这个时间您来说吧。"

"周一到周五放假吧，"老主任一拍巴掌，"周日补一天课。六天时间也够了。我们下周开始放吧。"

"行。"阿金想想，说，"孩子们落下的功课有点多，得补补课。"

事情就这么说定了。

第八章
山路上的板栗树

1

趁着这么长的假期，阿金回了趟家。家里也正是农忙的时候，她干了不少活。阿妈很高兴。

明天一大早就得出发，出发前一天晚上，阿妈让阿金烧水煮鸭蛋，总共有十来个鸭蛋呢，一次煮这么多做什么？

"这些咸鸭蛋你带回去，慢慢吃，煮熟了，也

不怕路上磕破。"阿妈说。

在阿金的记忆里,这是她第一次看到阿妈煮这么多蛋。他们家的蛋是要攒下来卖钱的。

"阿妈——"她不知道说什么好。

阿妈往灶膛里添了一根柴火。灶屋里没点灯,灶膛里的火光在闪烁。

"虽然你说都好,但你一个人在外面,离家那么远,又是一个人担着一所学校,没人教着、领着,阿妈也很惦记你。"阿妈说,"反正都是在乡下,不如你回咱们村小来教书吧。我问过高校长。你记得高校长吧?"

阿金当然记得,高校长是她上小学时的班主任。

"他说我们村小刚调走一个老师。村小的老师从来就是一个萝卜一个坑,走了一个,课就上不齐整,怎么排每天也得有个班要自习,得再招一个老师。你这孩子从小就不叫人操心,学习扎实,能吃苦,当了老师一定也这样。你要是想调回来,就到学区去报名。"

阿金有点心动。

大姐和三妹不在家,阿爸又常出门干活,就剩下阿妈一个人在家。暑假时,隔壁的王大婶挑水的时候,摔了一跤,扭到了脚,肿得老高。王大婶家几个孩子都在外面打工,王大叔和阿金的阿爸一起在外面干活,家里也是剩她一人。阿金帮着照

顾了她好久，挑水，送饭，打扫屋子，阿金都干。当时，她就想：阿妈要是也遇到这种情况，可怎么办？现在，如果她能调回来，这个担忧就没有了。

"阿妈，我教完一学年再说吧，总不好教到一半就走人。"阿金说，"上一个老师也不知道怎么教的，孩子们功课落下好多。幸好，他们聪明，也听话，我一边教新课，一边把前面的知识补上来。到下个学年，孩子们的基础打好了，再来的老师也高兴，他们也能学好。"

阿妈叹了口气："你这孩子，总是爱操心。是这么个道理，那就晚半年吧。"

阿金有点不安，她很少反对阿妈的意见："阿妈，你不知道，溪村偏是偏了些，但那里的人好得很。每天早上起来，门口的石板上从没断过新鲜蔬菜。现在橘子熟了，我天天都能吃到橘子，他们自己的孩子都很少吃到呢。上次杉果的阿爸送来的'检讨书'，大家吃得可珍惜了。"

"这倒是。因为一点小事，大人就给送'检讨书'，真是难得。"阿妈听阿金说过"检讨书"的事，笑起来。

"阿妈，才不是小事呢，孩子们读书是大事！"

"大事，大事，阿妈明白。"阿妈说，"你们读书从来就是我们的大事。家里再忙，你阿爸也不许我耽误你们的学习……唉，村里人说过多少闲话，说我们家没男孩，才这么供女孩。"

"阿妈！"

"好好好，阿妈不听这些闲话。不管是男孩还是女孩，都应该读书。你阿爷小时候没书读。到你阿爸呢，家里太穷了，没机会读。他们把上学的希望寄托在你们身上，就盼着有好老师带你们……唉，现在你当老师了，人家的孩子你要好好教，多用点心。"

"阿妈，我知道。"

锅子里咕嘟咕嘟响起来。

"水开了，把柴火夹掉点。我知道你知道……"阿妈说着，不好意思地笑笑。

看到阿妈有些不好意思，阿金觉得有些难受。阿妈说的话都对，有什么不好意思的。她岔开话题，讲学校里的那些事情。听到阿金说孩子们作业里那些千奇百怪的错误，阿妈笑个不停。

说着说着，阿金发现，对于明天的离家，她隐隐有些期待。

2

路过镇上，阿金去了趟学区，领了期中考试的试卷，又在店子里买了些糖果，这才踏上弯弯的山路。

唉，一个人走山路太无聊了，她好怀念上次和孩子们一起坐牛车的时光。牛车嘎吱嘎吱响，她晃啊晃地睡着了。阿金背着包，拎着袋子，大步朝前走。她看了看手表（阿妈给她买了一块电子手表，很漂亮。阿金却没要，她要了阿妈那块旧的电子手表。旧表阿妈已经戴了很多年了，表带都磨了），发现自己走山路的速度变快了，以前花一小时才能走完的路程现在才花了半个多小时。

有了电子手表，她再也不用担心自己忘记给闹钟紧发条了。自从知道村里很多人听着学校的铃声来算时间，她就一分钟也不敢弄错。

阿金想多了。周末或者放假的时候，学校不敲铃，难道村里人就不知道时间了吗？才不会！村里几乎每个人都有自己计算时间的方法，比如青凤，她估算出阿婆织完三尺布的时候，阿金应该就到村口了。她要去接阿金。

"阿笨，你跟我一起去。"青凤说。

阿笨摇了摇它的大尾巴，表示同意。

阿金不知道青凤要来村口接她。她走得出了汗，有些累，坐在路边歇了会儿。不是赶集的日子，路上很少能遇上行人，更不要说能遇上牛车了。唉，看来，她是一点偷懒的机会也没有了。

对面山上有橘子树，红红的橘子很惹眼。阿金想起上次从路边摘的橘子，笑了起来。她站起来，继续赶路。走啊走，阿金不记得自己走过了多少个垭口。她翻山越岭，越走离村子越近，离学校越近，人也越疲倦。

阿金提醒自己：不行，不能歇，走到后面，越歇就越走不动了，至少也得爬过最高的那个垭口才能歇——过了最高的那个垭口，就快到溪村了。

阿金爬得两腿酸软，终于爬上了最高的那个垭口。她把包取下来，在路边的石头上坐下来。

那是什么？

一棵板栗树！

路边的橘子不要摘，但板栗还是可以摘的吧？板栗可不会酸。阿金看着那棵硕果累累的板栗树，心痒得很。要是摘了这些板栗，我应该也算是有了一棵"路上的果树"了吧？阿金想着，站了起来。

板栗树生长的山坡有些陡，得小心点才行。她从旁边的草丛里找了根木棍，去打板栗。

你见过长在树上的板栗吧？

板栗在树上的样子可是与你在商店里看到的栗色的样子不同。它们被绿色的刺球包裹着，剥开刺球的表皮，里面才是栗色的板栗。阿金打的就是这些绿色的大刺球。刺球被打得啪的一声掉下来，满地咕噜咕噜滚，不少刺球都滚到山坡下去了。

阿金不打了，满地捡"板栗球"。突然她脚下一滑，往山坡下滑去。

"完蛋了！"阿金脑海里只冒出这样一句话。她伸出手，

试图抓住点什么。手抓到的只有草，草在她手里断裂，她无比清晰地听到草茎啪啪断裂的细响声。这些草没能阻止她下滑，却减缓了她下滑的速度。突然，她的手抓住了一棵细小的树！

阿金没动，紧接着一阵狂喜席卷了她。她救了自己！

阿金看着枝叶间那湛蓝的天空，只觉得浑身酸软。秋天的天空总是这么高远，几朵云飘在天上，白得发亮。

好一会儿，她才恢复点体力，小心地坐起来，一块小石头从她手边滑过去，掉进她脚边的一个山洞里。山洞的洞口只有水缸口那么大。她听了一下，害怕起来——那颗石子掉下去后，她一直没听到石头落地的声音！

这是一个溶洞。

要是我再往下滑半米，要是我没有抓到这棵小树……阿金不敢想下去了。她默默地、小心地一点一点往坡上爬。爬到山路上，她靠着自己的行李一屁股坐下来，号啕大哭。

这段路附近都没有人家，直到她哭够了，也没人经过。

3

"阿金，你迟到了。"青凤说。

青凤是在村口接着阿金的，带着阿笨。

阿金没说话，只是默默朝前走。

"阿金？"

"我再也不会摘路边的果子了。"阿金说，"你也不许摘，大家都不许！"

"你胳膊流血了！"

"没事。"

"你摔跤了吗？"

"是的，没事。"阿金停下来，"青凤，谢谢你等我，我回学校去了。我想一个人静一静。"

她一个人回了学校。

掏出钥匙，她才发现门上的锁没有锁上。怎么回事？阿金心里一惊。她看看左右，左右当然一个人也没有。门前的石板上空空如也。她把行李放在门口，坐在石板上。她什么都不想做，也不想去想。胳膊火辣辣地疼，膝盖也是。明明是躺着往下滑的，怎么膝盖也会疼呢？她不明白。她忘了，自己是跪着一点一点地爬上来的，草丛里的土坷垃、小石子她全都没顾上。

笃笃笃——宿舍后面传来奇怪的声音。

阿金噌地站起来。

那声音停住了。

是鸟吧？她安慰自己。

笃笃笃——那声音又响起来，不大不小。

"阿金——"

是阿婆。阿金站起来，看到阿婆提着个篮子，领着青凤走过来。

"你受伤了？"

"没事，"阿金下意识地说，"皮破了一点点，算不得受伤。"

阿婆点点头，快步走过来，先仔细打量了她一番，然后点点头："还好，就是气色有一点差，等下我煮点汤给你喝。"

"不用不用，我就是走得有点累，睡一觉就好了。"

阿金看着青凤，抱歉地冲她笑笑。刚才，青凤笑着冲她跑过来，她的反应太僵硬了。那会儿，她实在笑不出。

阿婆没说话，放下篮子。篮子里有一罐黑乎乎的汤，还有一块细棉布。她用细棉布蘸罐子里的汤给阿金擦洗伤口。阿金感觉有点刺痛，但很快刺痛感就被清凉的感觉代替了，并随之漫上一种奇特的舒服感。她的眼皮直往下耷拉，眼睛睁都睁不开。

"进屋去。"她听到阿婆说。

她听话地站起来，往屋里走去。她在床上躺下了。蒙眬中，她隐隐约约感觉到青凤挽起了她的裤脚，阿婆给她的膝盖涂了药。

阿金被饿醒了，肚子在咕噜咕噜叫。

她睁开眼睛，看到一点暖黄的光，满屋都是饭菜香。

"阿金——"

是青凤。醒来就看到青凤的笑脸，真是太好了，阿金心里甜起来。她喊道："青凤。"

"阿金。"

阿金这才看到阿婆，她赶紧坐起来，不安地喊道："阿婆。"

"你睡得真香，"阿婆说，"好了，睡过来就好了。路上吓着了吗？"

阿金想起了所有的事，她红了脸，要不是自己想要一棵"路上的果树"，就不会有这档子事了。

"阿金，你不是山里人，是不是路上被什么东西吓到了？不怕啊，我们这一带山里都平平安安，祥和得很。"阿婆说。

"不是不是。"阿金嘟了嘟嘴，"为了打板栗，我差点掉进山洞里，把自己吓了一跳。"

青凤咯咯笑起来，阿金也笑。

阿婆却收起了笑容，她想了想，说："青凤今晚留在这里陪你。阿金，青凤是我们溪村的小凤鸟，她会保护你的，你不要怕。"

青凤笑着，看着阿金。

青凤是小凤鸟？阿金在心里笑了笑。她知道山里的一些村寨有自己的故事、传说和习俗。这些她不懂。不过，能有青凤陪着，她很高兴。

"好。"她看着青凤笑。

第九章

踏月而行，咚咚锵

1

清晨，青凤还没醒，阿婆就来了，送来了一罐奇怪的草药汁。

没等阿金开口，阿婆就把手捂在自己的嘴上，用眼睛示意阿金不要说话，把草药汁喝了。草药汁温热，喝下去浑身都会暖洋洋的。阿金从草药汁里闻到了艾草的香味。

从阿金手里接过空罐子，阿婆笑着交给她一个香囊："这几天把它都放在身上吧。"

香囊很小，上面细致地绣着一只线条柔美的长尾鸟，闻一闻，说不出是什么味道，像是栀子花的香味，却又不一样。

阿婆看起来有些疲惫。阿金心里突然咯噔一下：这难道是阿婆连夜绣出来的吗？

"阿婆……"

阿婆摆摆手，把脚边的提篮提起来，递给阿金："里面有粥和饼子，叫青凤起来，趁热吃。"

粥就是普通的白粥，青凤吃得很香。

"新米粥。"青凤说。

饼子其实是先蒸后煎的米糕，柔软蓬松，表层煎得金黄金黄的，特别香。

笃笃笃——那个声音又响了。

"啄木鸟！"青凤一边把粥喝得呼噜呼噜响，一边漫不经心地说。

阿金心里一亮："哦，原来是啄木鸟啊。"她的心情莫名其妙地好了起来，拿起阿婆送给她的香囊闻了又闻。

阳光从窗子外照过来，照在半收的窗帘上，照在桌布上。青凤告诉她，放假前，她急着回家，忘记锁门了。村里的女人们用农忙得闲的一点点时间，把家里收的布头拿出来，拼在一起，缝了这副窗帘，缝了这块桌布，然后悄悄挂起来，悄悄铺好。

那些不起眼的小布头凑在一起后，显得格外绚烂、明亮。

青凤说，这叫百家布，是好东西。

"阿金，"她问，"今晚踏月，你穿什么裙子？"

什么？踏月？穿什么裙子？阿金看看窗外，窗外的山野是秋天的山野，绚烂多彩。虽然天气晴朗，但早晨有些凉了。天凉了，也穿裙子吗？

"天凉了，我没在这样的天气里穿过裙子呢。"

青凤疑惑地看着她："一整年都可以穿裙子的，可以把漂亮的裙子围在腰上。踏月，要穿裙子才好看啊。"

阿金笑着点点青凤的额头："我就看着我们的小青凤美美地踏月就行了。"

2

一整天，孩子们都是一副心神不宁的样子，尤其是男孩子们，像是屁股底下扎了针似的，坐不住。

阿金都不记得自己是第几次提醒他们要注意纪律了，可没有用，孩子们还是在底下窃窃私语，从一年级生到五年级生全都一个样。

她把书重重拍在讲台上："每次放假之后，你们都是这个学习态度吗？"她看到青凤的手举起来，严肃地说道："青凤，把手放下，我不是在提问！"

青凤的手却举得更高了。

她只好点点头。

"阿金，你如果小的时候遇上这样的节日，也会和我们一样的。"

"什么节日？"

"踏月呀，"青凤高兴地说，"阿金，你也要参加我们的踏月呀。"

"真的吗？"蚕豆问。

小龙抢着说："老师也参加，阿婆说的。"

教室里响起一片欢呼。孩子们离开课桌，团团围住了阿金。

"老师，是真的吗？"

"老师，真是太好了！"

"老师，你提什么灯？"

"老师不用点灯，她是大人啦。"

阿金站在孩子们中间，看着团团围住她的一张张笑脸，莫名有些感动。她有过这样的时刻吗？没有。她一直是不引人注意的。她不够漂亮。她的成绩是不错，可是，她家有一个成绩更好的姐姐。在师范，她各方面的表现都是平平的。不过在实

习期间，她似乎变得厉害起来。她认真备课，真的很认真。孩子们愿意上她的课。就因为这样，她那个小组的带队老师才推荐她竞争城市小学的职位。

"你全力以赴的时候，就能做好。"带队老师告诉她。

她全力以赴了，最后却还是落选了，被分配到了这里。

阿金看着孩子们的笑脸，心情突然好起来。这里有什么不好？看外面的山野，城里哪所学校能有这样的风景！

"踏月是什么？"她听到自己问。

3

下午，还没放学，阿金看到三四个大婶来了学校，她们并没到教室这边来，只是在她宿舍门口相互说笑。

她走过去问她们是不是有什么事，她们看着她，友善地笑笑，说："没有。"

珍朵阿妈也来了。她说："老师，我们只想来学校看看，也想知道你喜不喜欢……"她偏头看看屋子。

阿金想起她的新窗帘和新桌布，用力点头。她太喜欢了！窗帘那么美，怎么看怎么好看。桌布呢，有些厚，垫在桌上不太好用，她把它拿下来，做了一床小盖毯，晚间盖在身上，那增加的分量让她睡得很安心。

阿金请她们在这儿随意玩，自己先回教室把课上完。这下，她也和孩子们一样心神不宁了。

好不容易熬到下课，孩子们冲出教室，却不急着回家，跑到宿舍那边看热闹。

珍朵阿妈从背篓里拿出一块布，抖开，原来是条百褶裙，裙摆上绣着山，绣着河，绣着村庄……阿金认出来了，那是她画的图案！

"老师，阿金老师，"珍朵阿妈说，"这是我们缝绣的，希望你喜欢。"她转头看看自己的同伴，又对阿金说："现在你跟我们学'走步'吧。"

孩子们在一边欢闹起来，等着看阿金"走步"。

原来"走步"是一种类似舞步的步伐，需要配合上手的动作，踏着节奏往前走。

"咚咚锵——咚咚锵——"就是这个节奏。一位阿婶打着一面小鼓，另外几位阿婶跳给阿金看，珍朵阿妈在旁边纠正阿金的动作。

"老师，阿金老师，胳膊抬起来一点，对，再高一点。"

"阿金老师，脚，脚也得抬高，高了才好看。"

"阿金，阿金，你看，你得把腰扭一扭，对对！"

孩子们就在旁边看着呢，阿金有些伸展不开。珍朵阿妈察觉到了她的不安，赶小鸡似的把孩子们赶开："走走走，回家做作业去。"

孩子们才不肯走呢，他们要看着自己的老师。

珍朵阿妈赶一下，孩子们走一步，她一回头孩子们又过来了。

"我们一起吧。"青凤说。她挨着阿金，其他孩子围过来，大家一起"咚咚锵"地"走步"。动作很简单，就那么几个，但快动作和慢动作交替出现，就显得变化多了。

"咚咚锵——咚咚锵——"学校里一直响着愉快的鼓点声。

村子里，老主任侧耳听着这声音，眯着眼睛笑："阿婆，这个老师，这个阿金，咱们村能留得住吧？"

阿婆摇摇头："金凤鸟是自由的鸟。"

"留不住？"

阿婆还是摇头："凤鸟有巢。"

老主任咂咂嘴，似乎想到了什么，乐了。

4

黄昏开始，空气里就弥漫着过节时才有的气息。

村子已经被打扫过，到处都干干净净。家家户户的小院都被整理过，平日里堆在院子里的锄头啊，铁锹啊，旧扫帚啊，还有旧摇篮什么的，都被收起来了，就连那还没有消散的、飘

飘摇摇的一两缕炊烟，也像是被梳理过。院子里整整齐齐的。菊花开了，一朵朵在这个黄昏安静地怒放着。村里几乎家家都种菊花，有大朵的菊花，也有小雏菊，一丛一丛的，十分乖巧可爱。那米香味呀，真是好闻极了！有发酵过的米糕的气味，有烤糍粑的香味，有米粥的味道，还有什么呢？阿金说不上来，深深吸了一口气，慢慢走进村庄深处。

狗也像是被收拾过，身上的毛都顺了，没有弄上一团一团的泥浆或是其他什么奇怪的东西。猫呢，原本就爱干净，跳上篱笆或者屋檐，看着远方的晚霞。

鸭没有出来，也许被赶进笼子里了。鸡倒是悠闲，有些已经飞到树上，有些还在树下踱着步子，像是今晚的节庆也和它们相关似的。

孩子们不用说，一张张脸都被洗红了，想必耳朵后面都被擦干净了吧。

"老师好！"

"老师真好看！"

他们跟阿金打着招呼。

阿金的脸热乎乎的。她有些不太好意思，手不知放到哪里好。百褶裙围在腰间。原来这百褶裙是将一块长长的百褶布在腰上围一圈半，围出的裙子呀。用了那么多布料，穿着很有些分量。这"分量"随着阿金的步子微微摆动，让她无端生出一

种端庄感，她不由得走得慢些，走得稳些。这"分量"到了村子里的女孩们身上却似乎消失了，她们跑来跑去，停下时，故意微微转动身体，让裙摆飞扬起来。

她有些羡慕地看着她们。她小的时候也这样奔跑过，过节的日子，格外兴奋，一点点小事就逗得自己咯咯笑，在屋子里跑来跑去，在村子里跑来跑去。

一阵阵笑语声从村里的大树下传来。

阿金偷偷摸了摸百褶裙，慢慢朝大树那儿走去，一点也不急。在她看来，节日前那种充满期待的喜悦，超过了节日当天庆祝本身带来的快乐。

"阿金——"

她一走近，人群里的青凤就看到了她。她跑过来，拉阿金的手。青凤系着一条色彩绚丽的凤鸟围裙，华丽极了。

"阿金真好看！"

阿金很高兴黄昏那渐渐昏暗的光可以遮盖她那红红的脸——她的脸热得发烫，她知道，自己一定是脸红了。她不但穿着百褶裙，头发也不像平时那样扎成马尾辫，而是梳成了麻花辫。练习"走步"之后，一位阿婶帮她梳起麻花辫（阿婶梳理头发的时候还会唱歌呢，一句一句的，像"一梳顺到底，事事心如意""二梳梳天地，处处皆欢喜"什么的），并用一根花织带把辫子紧紧绑住。她们还想给阿金戴耳坏，可惜，她

没有耳环，她连耳洞都没有打呢。她们似乎为这个感到惊讶，张着嘴笑了好久。

阿金看到，像青凤这么小的女孩，戴上了银耳钉。大一点的女孩，都戴上了大大的银耳环。女孩们戴的耳环是一个圈，而有些大人的耳环是一个圈套一个圈，好几个圈穿在一起，垂到肩膀上。

树下摆着小桌，小桌一张连着一张，摆成圆形。

青凤说："今天阿金来了，阿婆说，长桌要摆成圆形。"

哦，以前不是摆成圆形吗？这个圆形是有什么讲究吗？

"平日里，我们将桌子摆成两排。村里有贵客来，我们才将长桌摆成圆形。可阿金不是贵客呀。阿婆说，阿金是尊贵的自己人，和我们穿一样的衣，和我们过一样的节，食一样的饭，以后还会知道我们的故事。"青凤掰着手指，一样一样数过，又疑惑地说，"没有其他客人来，怎么也摆成圆形呢？"

阿金看着青凤，周围的笑语声在阿金耳朵里回响。青凤说"以后还会知道我们的故事"，是什么样的故事呢？阿金琢磨着。

"老师。"

呀，是珍朵啊。珍朵也穿着大褂和百褶裙，可能是跑过来的缘故，裙摆荡漾着，显得她格外俏皮。

"老师——"

"老师。"

…………

桐子、杉果、小龙都来了，连蚕豆和笋子也来了。

"我年年都来溪村踏月，"蚕豆骄傲地说，"今年笋子也来了。我们是一个家乡的。"笋子在旁边一个劲儿点头。他们俩的衣服有些不一样——绣的花样子不一样，袖口和裤口也不一样，但都紧紧裹在身上，一副很精干的样子。

阿金被孩子们围在了中间。她很高兴，摸摸这个的头，拍拍那个的肩膀。

"阿金，看——"

阿金回过头，看到村里的男人们挑着圆扁的大篮子，排成一队从村子东头走来。原本有些嘈杂的人群顿时安静下来。男人们跳舞似的，一走一闪，展示着篮子的分量。一个阿婶打起了鼓。鼓不大，鼓声也不大。树下的嘈杂声消失了。鼓点明快，男人们踏着鼓点慢悠悠地往树下的空地走来。

不知什么时候，女人们聚集到了大树下。她们穿着那些绣着花纹，绣着河流、山峦、村庄的衣服，唱起了歌：

> 我们从北来，
> 踏过锥子一样的山，
> 跨过布带一样的河。

我们从北来，

离开那天一般宽的地，

离开那牛羊满坡的家园。

我们从北来，

尖尖的长矛，

在我们身后，

闪着阵阵寒光。

…………

随着这不紧不慢的鼓点，男人们的脚步越走越重，空气里隐约有一种淡淡的悲壮升起、盘旋、积蓄。

这是什么歌？阿金往后退了一步，不小心踩到了什么。

"老师，"是珍朵，她甩甩脚，说，"没关系。"

阿金拍拍她，表达歉意，轻声问："这个歌是？"

"这是我们的长调，"珍朵说，"大人们唱的。阿婆还会一种更长的长调，唱凤鸟妈妈的故事。"

"这个长调唱的——"她想问唱的是不是真的，但又觉得自己好笑。

"据说，我们村落是从很远很远的地方搬来的……打仗输了，被赶离了那里……"珍朵说话的声音很小，阿金只能断

断续续地听到一点，"我们到处流浪……凤鸟把我们带到了这里……"

旁边的小龙跺跺脚："珍朵，不要说话！"

阿金冲珍朵吐吐舌头，珍朵抿着嘴笑了。

歌还在继续唱：

月从东方升，

凤鸟哟，出东方，

带领我们往南行。

跨山越岭，

往南行。

日从西方落，

凤鸟哟，在盘旋，

山溪淙淙，

茂密的林地，

将开垦成沃土良田。

日子过去千千万，

未来还有万万千。

我们把线当成笔，

我们把过去唱成歌。

…………

阿金心里一震，那裙摆上细密的花纹，怪不得不能改，不能变，那不单是为了好看，更是为了记录，记录过去的故事——溪村的故事。阿金听阿爷说过，山里那些听上去有些传奇的故事，往往记录着山里的历史。

那鼓点、那脚步，给夜幕增添了几分沉重、几分悲壮。阿金低头看看身边孩子们那一张张严肃的小脸，好半天才吐出一口气来。

不叫我们的子孙忘记，

我们从北来，

我们曾有天一般宽的地，

我们曾有牛羊满坡的家园。

…………

女人们继续往下唱着歌。她们的歌不停，男人们的脚步不止，在场地里绕着圈，似乎这圈就是他们踏过的山，他们跨过的河，他们经历的磨难。

"青凤——"珍朵说。

不用珍朵提醒，青凤就迈开了步子，往男人们围成的圈中间走。她不知从哪里提来了一盏圆圆的小小灯笼。

日月往西走，
山河往东行。
我们的祖先啊，
顺着南风的方向，
跋山涉水来到这里。

小女孩特有的清亮嗓音，在这个黄昏，就像是寒冷的初春冒出的第一个嫩绿的新芽，击破了那份凝重。

这里的山护佑我们，
我们共饮一溪水。
这里的土地滋养我们，
我们筑下好家园——

阿婆接过青凤的歌，边唱边走进圆圈里。阿婆打扮得和平日里不一样了，系着华丽的绣花围裙，戴着头帕，盘着发髻，一左一右插着银发簪。阿金觉得，阿婆看起来端庄而严肃。阿金想起自己来到这里，还没去跟阿婆打过招呼。阿金为自己的

失礼微微慌了一下，很快又镇定下来。"阿婆不会怪我的，"她对自己说，"我一会儿跟阿婆道歉。"

突然，鼓点变得轻快起来。阿金和孩子们纷纷让开来，村里大一点的女孩扎着长辫，戴着银光点点的大耳环，踏着鼓点走了进来。她们深蓝色的大褂上，那些艳丽精致的花纹，在这沉沉降下的夜幕里，像是一枝枝怒放的花朵。

青凤的声音像她平常喊"阿金"的声音一样，带着笑意。她唱道：

日月往西走，
山河往东行。
我们的祖先啊，
顺着南风的方向，
跋山涉水来到这里。

女孩们齐声应：

凤鸟带领我们来到这里，
这里的山护佑我们，
这里的地滋养我们。
溪流淙淙哟，果满山，

蔬菜满篮哟，谷满仓，

我们的日子如——意吉祥。

唱到这儿，树下的女人们，挑着篮子的男人们，一直站在旁边的男孩们，全都应和起来："我们的日子哟——如意吉祥——哟嚯嘿！"

最后三个字，鼓点响亮，所有的人都在地上重重地跺了三脚。人群中爆发出一阵笑声。

"阿金。"阿婆招招手。

面对这样的盛典，阿金不敢扭捏，忍住害羞，在大家的注视下走进圆圈。阿婆拍拍她的手，她才发现自己的手因为紧张而抖得厉害。

老主任咳嗽一声，提着什么走了过来。原来是一盏用竹子编的圆灯笼。

青凤冲着阿金举起自己的小灯笼，灯笼里，有着亮晶晶的烛光。

"阿金，引亮老主任的灯。"阿婆笑着说。

阿金愣在那里。引亮？用什么来引亮？

星星已经出来了，要是星星能帮她把灯笼点上就好了。阿金想起了阿爷，要是阿爷在就好了，他一准有办法。阿金心里突然一亮，她记得阿爷说过，山里的灯笼匠扎灯笼的时候，都

会在灯笼底部放根"留火"，要是有人想点个火呢，从灯笼底部抽出"留火"，点上就行……

阿金冲正要说话的青凤轻轻摇摇头，从青凤的灯笼底部摸出"留火"，引了火，点燃了老主任手里的灯笼。

"哎呀，阿金，我们山里人啊！"老主任哈哈大笑。阿金觉得周围的空气都在颤动了。在这欢快的声响里，四周亮堂起来——大家纷纷点上了火把。火光里，阿婆为阿金系上了一条华丽的绣花围裙。

"金凤！"

"金凤！"

"金凤！"

欢呼声响起来。

5

原来，踏月是为了庆祝丰收。

阿金点亮的那盏灯笼和青凤提的小灯笼，一起被摆到了大树下。

男人们挑来的篮子里，有米糕（白糖米糕、桂花米糕、桃花酱米糕、蜂蜜米糕、红豆米糕）、米粥（最常见的那种白白的米粥）、糍粑（有炸的、煮的、蒸的、烤的，有蘸黄豆粉的，有浇着红糖汁的，有插着糖片的，有夹着腊肉片的……），还有糖炒栗子、橘子，它们全都在火光里被摆上了桌。

宴要开席了。

在一阵熙攘中，大家围着桌子坐下来。大家让着阿金，请她坐在阿婆的左边。青凤坐在了阿婆的右边。阿婆的围裙上绣着凤鸟。在火把的光亮里，阿金看见阿婆围裙的下摆上缝着她送的绣片。她在心里偷偷乐，眼皮垂下来。呀，她的围裙上也绣着一只凤鸟！

一路走来的时候，她看见村里的女人们围裙上绣什么的都有，比如花草、果子、鸟雀、山峦、村庄……不过，好像只有她、青凤和阿婆三人的围裙上绣着凤鸟。

孩子们吃着点心，男人们喝起酒，女人们唱起了歌：

宽宽的天，

宽宽天上，月亮儿出，

有月有日，世间儿——明。

亮亮的水，

亮亮水里，小鱼儿游，

有鱼有花，日子儿——美。

高高的山，

高高山里，稻穗儿满，

有水有山，天地儿——宽。

…………

怎么那么会唱呢！

在皎洁的月光下，她们每唱一节，大家都站起来，跟着曲子转动，转成一个流动的圆圈。

我们的日子，圆圆满满。

我们的子孙，生生不息。

阿婆似唱似吟。大家跟着她似唱似吟。

桌上的食物被吃得差不多了。孩子们也坐不住了，在桌边追来闹去。

"踏月喽！"阿婆说。

大家欢呼起来。

也没有谁指挥，大家就渐渐排成了一支长长的队伍。

鼓声响起来："咚咚锵——咚咚锵——"

青凤不知从哪里又找来了一盏小灯笼，多好看啊，是小兔子的模样，亮着暖暖的光。青凤走在前面，阿金跟着她。

"咚咚锵——咚咚锵——"

珍朵的阿妈就在阿金后面："老师，跳起来呀！'走步'啊！"在队伍里，阿金还看到了青凤的阿妈。她的头发盘得十分好看，插着好几支银发簪，正转头交代小龙什么。小龙也提着灯。不知什么时候，孩子们都提上灯了。

阿金有些慌，想换到队伍后面去，却被珍朵的阿妈拦住："你在前面，老师，前面。"

不得已，阿金"走"起来，左三步，右三步，就像下午练习的那样。"走"上几个节拍，她就"活"了。孩子们打着小灯，跟着人群，有跳的，也有跑的。阿婆没来，老人们都留在了大树下。

队伍在村里绕行，"走"上一段，鼓声停下来。孩子们就唱歌：

日月从东出，

凤鸟从东来，

日月的光亮，照山河。

有山，山丰茂，

有河，河润泽，

凤鸟引来了好生活。

…………

大家就这么边"走"边唱，"走"过村里每家每户的屋前，"走"到村外，在山野里穿行。

"咚咚锵——咚咚锵——"

"咚咚锵——咚咚锵——"

微凉的夜色里，月光给山岭铺上了一层银辉，月光里的人们披着这层银辉穿行在山林间。

很久很久之后，说起月夜，阿金还会想起这个夜晚。

"咚咚锵——咚咚锵——"

第十章

云板、蘑菇和柿子

1

　　期中考试后，学区的刘老师来到溪村小学。

　　"嗯，不错。"他把教室前前后后看了一遍，说。

　　阿金抿着嘴笑。刘老师来检查她的工作，她有点紧张。下课了，教室里有些吵，她只好请刘老师到她的宿舍检查她的备课情况，翻看这次的考试试卷，反正这间宿舍也是她的办公室。

刘老师打量了一眼屋内。

阿金把屋子收拾得不错。青凤早上送来一些菊花。宿舍后的山菊那边，长着一簇桔梗，开出了紫色的花，小漏斗似的，很可爱。她采来一些，也插在小瓶里。珍朵还送来一些秋海棠，花瓣鼓鼓的，很好看。她把这些花都放在了桌子上，加上用百家布绣的窗帘和搭在椅子上的织锦，屋子里是很有看头的。

没想到，刘老师没注意这些，却看着墙壁问："这……这是哪儿来的？"

哦，是老主任很早之前送来的云板啊。阿金松了口气，说："老主任送来的。"

"什么？"

"阿婆让老主任送来的。"阿金补充说道。

刘老师似乎还是很惊讶，他把云板打量来打量去，感叹道："真漂亮！"

这块云板阿金也看过很多次，她已经看出来了，云板上刻的是云纹和凤鸟。原本她没看出凤鸟来，但有一次她把围裙拿出来看的时候，发现了这个秘密。

"我在这片山区工作二十多年了，"刘老师的语气很感慨，"溪村的云板我只见过两次，还是老主任喝多了，带我去阿婆家看的。"他不再说什么，坐下来低头看孩子们的考试试卷。

阿金打量着云板，心想：刘老师只见过两次，它很珍贵吗？

"不错，不错！"刘老师一边翻试卷，一边笑着说，"行，有了这些试卷，中午我到老主任家吃饭去，我要吃腊肉。"

阿金跟着笑，她也爱吃溪村的腊肉。

他们午餐没有在老主任家吃，而是在阿婆家吃的。在阿婆面前，刘老师态度很客气，似乎有些拘谨。阿婆让刘老师坐了西席。青凤依然和阿婆坐在一方，青凤阿爸和老主任坐一方。小龙搬了把小凳挤在他阿爸旁边。阿金被阿婆安排在下首，和青凤阿妈坐一起。为此，刘老师很是打量了阿金两眼。

"你别看，阿金算是我们溪村人了。"阿婆说。

这顿饭，大家都吃得很开心。

饭后，阿婆让青凤和小龙陪着阿金，把刘老师送到村口。刘老师停住脚步，张张嘴，似乎想说什么，却先叹了口气才说："小金老师，做得不错，你是个很不错的老师。"

青凤和小龙在旁边一个劲儿点头。

阿金咬着嘴唇，笑了。

回村路上，她问青凤，云板有什么特别的地方。青凤说："云板是我们的——"她卡住了，似乎不知道怎么说才好。

"只要敲云板，村里所有人都会以最快的速度跑过去。"小

龙插嘴道，"老师，你别怕，你要是有事，就敲一敲云板，我们一眨眼的工夫就到了。"

青凤点头："云板响，号令到。"

阿金愣住了。小龙说的话没有夸张。山里孩子跑得快，村子到学校的这点距离对他们来说，真的是一眨眼的工夫就能到的距离。青凤说的话，让她更感觉到云板的分量。

"老师，"小龙问，"你明年会走吗？"

阿金摇摇头，可不能走，怎么着也得带完一个学年。

"他们说，只要我们期末考试能得优秀，老师就可以调到镇上去。"

"你从哪里听说的？"这话可没有人跟阿金说。

"以前的老师说的，他要我们必须考到优秀。"小龙噘噘嘴，"以前的老师教得不好，我们考不了优秀。你教得好，我们或许能……老师，要是我们考了优秀，你会走吗？"

阿金看着小龙突然红了的眼圈，又看看青凤眼巴巴瞧着自己的样子，心里一酸，轻轻摇了摇头。

小龙瞪大眼睛，慢慢张大嘴巴，突然怪叫一声，跳起来，欢呼着跑了："老师不走啰！老师不走啰！"

青凤也笑。

阿金心里却一片茫然。

2

连着好几天都有孩子迟到，阿金问他们原因，他们又支支吾吾地说不出来。阿金生气了，罚他们下课后在操场上跑圈。

"老师，你看，桐子跑歪了。"

真的，桐子跑起来一瘸一拐的，样子很搞笑。阿金把桐子喊过来一看，怪不得呢，他的裤子破了，腿上也被划出好长一道口子。他肯定是在山上受的伤。

"怎么回事？"阿金皱起眉头，问。

"他们一早去摘八月瓜了。"青凤说。

桐子嘟起嘴，用眼睛去瞪青凤。青凤做了个鬼脸，冲他说："阿金都问了，你们还不说！"

桐子红了脸，抬头看看阿金，又低下头去。

阿金明白了，抬起头看了看山野。

"八月瓜是什么？"她问。

"老师，"小龙跑得很慢，正在附近磨蹭，听到问，连忙高高举起手，"我知道！"

"好，你来说。"阿金说。

还有几个跑圈的孩子也听到了，嚷嚷着说"知道"。圈自然跑不成了。

"八月瓜是一种瓜。"

"八月瓜现在吃正好。"

"八月瓜好吃。"

"有点酸。"

"不酸就不好吃了。"

"八月瓜炸了就不酸了。"

阿金听来听去也没听明白八月瓜到底是什么。"不跑圈了，你们把八月瓜是什么写下来，放学后交给我。"她说。

"老师，我们宁愿跑圈！"

"老师……"

女孩们笑成一团。

接下来的这一天里，一下课男孩们就凑在一起，操场都冷清了许多。

阿金觉得奇怪，问青凤："难道大家都喜欢写八月瓜吗？"

青凤咯咯笑："小龙最怕写文章了，他说谁帮他，谁就是他的好兄弟。"

"男孩们写的作文都是凑在一起想出来的。"珍朵也笑。

怪不得孩子们每次交上来的作文总有一些差不多的内容，原来是这样。

"桐子阿妈说，阿金老师特别好。阿金老师一来，男孩们聚在一起，还会干正事了。"

"村里的阿伯也说阿金老师好，还说一个人的力量小，男孩们凑在一起力量才大。"

还有这个效果！阿金笑着摇摇头。她教孩子们写作文，总是让他们先说说，再把自己想说的话写下来。

放学前，大家把写的八月瓜的文章交上来了，大大小小各种纸都有。杉果交上来的纸最大，是从作业本上撕下来的一整张纸。桐子的也不小，有半张纸那么大，但他的字写得大呀，半张纸也写不了几个字。还有两张小纸条，一看就是从桐子的那张纸上撕下来的，只有两三个并起来的手指头那么宽，但字写得小，看上去字数不少。神奇的是，居然每篇文章都有标题——《八月瓜》。写作文时要写标题，她不知强调了多少遍，女孩们都记得，就男孩们总忘记。这下好了，男孩们居然把这个毛病解决了！

她忍住好奇，等大家都离校后才开始看这些纸头。

"八月瓜是山里的瓜，长在山里。一整年，就只有这个时候才能吃到。要是不去摘了吃，太可惜了。"

嗯，这段话写得似乎有道理，就是写得太短了。阿金在纸上写了一句："还有呢？"然后她将纸放到一边，接着看下一张纸。

"八月瓜zha了，不去吃，guo ruo jiu被松su什么的吃diao了。"

阿金看了看纸上写的名字，写拼音的果然是一年级生。"guo ruo"是什么意思呢？应该是"果肉"吧。她用红笔把"ruo"圈出来，在旁边写上了一个"rou"。"松su"又是说什么呢？松树？不对。阿金眼睛一亮，肯定是说"松鼠"！又写错拼音！但还真不好拿这个错批评孩子。大家平日里都是这么说话的，很多翘舌音在溪村都被念成了平舌音。

　　阿金不记得在山里看到过松鼠，但孩子们写有那就肯定是有的。在山里，阿金似乎被什么障了眼，孩子们却什么都看得到。阿金望望外面的大山，心想：孩子笔下的松鼠是有着橘红色大尾巴的松鼠吗？我还从没见过，要是能见见就好了。

　　这段话写得不错，虽然拼音有错误，但句子很通顺。阿金满意地点点头，继续往下看。

　　"八月瓜好吃，有点酸。但杉果说它不酸。怎么会不酸呢？我吃的个个都有酸味啊。不酸，那能是八月瓜吗？不够，杉果说，可能是因为他不怕酸，他二舅就不怕辣，吃多少辣椒都说不辣。"

　　阿金看看写在纸上的名字，是小龙。不错，他的标点问题解决了，文中的标点一个都没错。"不够"是什么意思呢？是指酸味不够，还是指八月瓜不多，吃不够？阿金突然一拍桌子，说："这个小马虎，肯定是想写'不过'，这样句子才通顺。"她在"不够"上画了一个圈。

唉，当老师的还要有破解谜题的本领。阿金一边看一边笑，心想：孩子们写得可真有意思，我怎么早没想到这个主意呢？

"我阿婆说：'八月瓜，九月炸，十月摘来诓娃娃。'我不是娃娃了，只好自己上山去摘八月瓜吃，结果就迟到了。我要是娃娃，去摘八月瓜就不怕迟到。不过，我要是娃娃的话，能上山摘八月瓜吗？不能。唉……"

这话真绕口！不过现在可不就是农历九月！转眼间，半个学期就过去啦。阿金回想起自己刚来的时候，走在路上十分紧张，她要独自面对一所陌生的学校，面对一群陌生的孩子。真奇怪，她明明和他们从没见过，怎么那么快就熟悉了？时间呢，简直就像是在偷偷奔跑一样，快得不可思议。

第二天一早，阿金打开门，看到石板上放着一堆奇怪的东西——皮已经炸开了，里面的果肉露了出来，果肉看上去有点像香蕉，晶莹发亮。这些是什么？莫非是八月瓜？阿金想起了昨天读到的孩子们写的文章。

哈哈，她猜对了。她不知道啊，昨晚整个村子都热闹了，大家相互串门说"阿金老师对八月瓜很好奇"，就这样，她门前有了这堆八月瓜。

阿金拿起一个，咬了一口，眼睛亮了，怪不得孩子们会偷溜上山去摘八月瓜，八月瓜真好吃，不过就是子儿太多了。

3

连着下了好几天的雨，天气说冷就冷起来。空气里的寒意让阿金成了全校第一个穿上小棉袄的。同学们嘻嘻哈哈地笑话她。她才不怕被笑话呢，暖和最要紧。

蚕豆兄妹最不怕冷，只穿一件单衣加一件坎肩，坎肩还常常被挂在树枝上、门上什么的。有次阿金喊他们穿坎肩，看见蚕豆跑过来，脑门上还挂着汗，要他们添加衣服的话她就怎么也说不出来了，只好说："别乱放，小心弄丢了。"

"丢不了！"蚕豆说，但还是听话地把坎肩拿走了。笋子还乖巧地穿上了自己的坎肩。

青凤嘻嘻笑了，坐在门槛上看着阿金。

阿金瞪了她一眼，扑哧一声笑出来，说："门槛上凉。"

青凤伸出手："阿金你摸我的手。"

青凤的手热乎乎的。阿金不好说什么，她决定缝个垫子放在门槛上，对了，也要给门前的石板缝一个，石板更凉。

雨过天晴。秋日的天空又高又远，水洗过一般干净。阳光金黄，山野像是被镀上了一层金，风一吹，在阳光里闪闪发亮。

下课的时候，她带着孩子们在操场上晒太阳。

跳皮筋、跳绳，她都会。弹珠，她不玩。不过，上次放假，她从镇上带回来一些弹珠作为奖品，奖励给孩子们。玩弹珠的队伍一下就壮大了。没想到弹珠玩得最好的是珍朵！她一瞄一个准。青凤也爱玩弹珠，但她技术不好，一会儿就输光了。输了她也不急，跑去跳皮筋。皮筋也是阿金带来的。阿金喜欢看孩子们跳皮筋，孩子们轻盈地在皮筋上上下"翻飞"，跳舞似的，别提多好看了。

跳绳是孩子们自己准备的。他们搓的草绳结实得很，甩起来也有重量感，比卖的那种轻飘飘的跳绳好用多了。

"老师，明天和我们去采蘑菇吗？"

老主任和家长们跟学区商量，坚持让学校单周放一天假，双周放三天假，以方便她回家。这周是单周，只有明天一天假，阿金留在学校里。

"采蘑菇？可是蘑菇不是春天和夏天才有吗？"阿金问。

阿金记得，她小时候也去田野里采过蘑菇，阿妈总是将采回来的蘑菇拿来做汤喝。阿妈笑着说："反正一朵蘑菇也能做汤，阿金采的蘑菇做汤正合适。"阿妈这是笑她采得少呢。做汤就做汤，蘑菇汤，多鲜美！

孩子们嘻嘻哈哈笑成一团。

"老师，秋天蘑菇多着哩！"

"哈哈哈，老师不知道秋天有蘑菇！"

阿金有些不好意思："明天你们教我怎么采蘑菇吧。"

"老师明天跟我们去采蘑菇！"

"老师说怎么教，我们就怎么教。"

"包管你明天能装满背篓。"

第二天一早，孩子们就来了。

一群人走在山野里。阿金喜欢秋天，秋高气爽，总是一副坦荡荡的样子。

"老师，你快点啊。"

论爬山，阿金可真比不上这些孩子。他们走在窄小的山路上，或者走在山坡上，就跟走在平地上似的，都没磕绊一下。阿金就不行了，走在陡一点的坡上，她刚小心翼翼地迈上两步，脚就不受控制地往下滑。

"看我的。"杉果说着，放下背篓，从里面掏出一根草绳，"老师，你抓这头，来，我们用草绳拉着老师上坡。"

这主意听上去不错。这个杉果，主意多，为啥语文就是学不好呢？阅读题就没得过几分！看着他那张灿烂的笑脸，阿金摇摇头，笑了。

唉，可惜，想要拉着老师上坡的孩子太多了，他们自己挤成一团，滚下了坡。

阿金看着他们从自己身边滚过，不禁深深庆幸这个小短坡附近没有溶洞。还好，现在是秋天，满山坡都是落叶。坡上的人笑成一团，滚下去的也笑成一团。阿金瞪了他们一眼，敢情

只有她在担心。

上了这个坡，孩子们就四散开来。阿金知道，采蘑菇从这里开始了。她没有背篓，提着一个提篮（她要提篮做什么呢？她在镇上看到的，喜欢就买了，没想到真派上了用场）。

蘑菇在哪儿呢？她一朵也没看到。耳边已经传来孩子们的惊呼声。他们找着了！

阿金干脆蹲下来，在草丛里细细翻找，没有；落叶里，也没有。那是什么？和落叶一样的颜色，哈哈，是一朵蘑菇！

"一找找一朵，一找找一圈……"

谁在那儿唱歌呢？听到"一找找一圈"，阿金心动了，耐着性子慢慢地一步一步挪动，仔仔细细地找。找着了，三步之外，有一朵……在离一棵大树不远的地方，阿金找到了一个小蘑菇圈。她兴奋极了。她还从没一次采过这么多蘑菇呢。

怪不得大家都喜欢采蘑菇，采蘑菇真的、真的太有意思了。

阿金采了满满一捧，转身把它们放到自己的篮子里去。

"哎呀！"她惊呼起来，她的篮子里已经装了半篮子蘑菇啦！

"这是谁——"她本来想问"这是谁借用了我的篮子"，但话没出口，在大家嘻嘻哈哈的笑容里，她明白过来了。

"你们这些家伙……"阿金又想笑，又想哭。她仰头看了

看湛蓝的天空，这里的天空真蓝、真干净。

　　不管是大孩子还是小孩子，他们都有一双找蘑菇的"火眼金睛"。蘑菇堆，蘑菇圈，他们一找一个准。不管阿金怎么说，他们还是将采来的蘑菇都放进了她的篮子。她拦住这个，没拦住那个。等阿金的篮子装满了，大家似乎就不急着采蘑菇了。

　　"阿金，我饿了。"青凤说。

　　"哦！"阿金摸摸口袋，她出门前急急忙忙往口袋里装了一口袋糖，"来，大家排好队……"嘿，在山坡上怎么排队呀！她把糖果一颗一颗分给大家吃。"吃完糖果，我们就回去。"她说。

　　"回去？"小龙叫起来，"才不要，老师！"

　　"老师，我带了米糕。我阿妈说，那个点了红点的是给你的，阿妈在那个米糕里多加了一勺糖。"

　　"我带了橘子，老师，我分你三个。"

　　"我带了烤玉米。我们家烤玉米最好吃了。"

　　"我们家的烤玉米最好吃！"

　　"别推我！老师，我带了炒栗子，你想要几个……"

　　"我——"阿金话没说完，就被桐子打断了。桐子说："老师，我带了竹筒饭，我阿妈还往里面放了腊肉！"他看着她，眼睛亮晶晶的，满脸期待。阿金的"不"字卡在喉咙里，怎么

也说不出来。

米糕摆出来了，炒栗子剥开了，烤玉米拿出来了……阿金这才发现，除了她，大家都有备而来。竹筒饭当然是装在竹筒里。桐子从地上捡了根树枝，折成几截，往身上擦了擦，递给阿金——这就是筷子了。揭开盖子，阿金吃了一口，啧啧称赞。腊肉的香浓，竹子的清香，都融到了软糯的大米里，再加

上山野的风光，这可真是世间难得的美味啊。

风从山野间吹过。那些金黄色的、古铜色的、红褐色的、棕色的闪亮叶片上似乎被镀上了金属的颜色，有了金属的质地，风一吹，碰在一起，哗啦哗啦地响。

吃饱了，大家躺在落叶上，青凤说："这才是采蘑菇。"

4

课程按照教学计划慢慢推进，日子按部就班地过着。

秋天天晴的时候多。放了学，阿金喜欢散散步，有时往山里走走，有时也往村里走走，往山里走的时候少，往村里走的时候多。

村里柿子树上的柿子熟了，红彤彤的，挂在枝头。

她喜欢看大人和孩子一起摘柿子。一群人围在一起，用一根绑着镰刀的长杆去摘柿子。技术好的人，是很少让柿子掉到地上的。但技术好的人少，所以得趁柿子没熟透的时候摘。硬邦邦的柿子掉下来时，得看得准，跑得快——不能让柿子砸到，还得第一个捡到。桐子虽然跑得快，但没看准，啪，柿子砸在了他头上。不巧，这正好是一个熟透了的软柿子，弄了他一脸的柿子汁！阿金都不好意思看他的笑话。他只好到旁边抓来一堆落叶使劲擦呀擦，硬生生地在头上擦出一个乱糟糟的

"鸟窝"。

孩子们笑成一团。

大家笑的工夫，杉果已经爬到了柿子树上，麻利地摘下一个柿子。

"老师——"

他把一个熟透了的大柿子送到阿金面前。

这怎么好意思！阿金连忙摆手。

杉果脸红了。阿金猛然想起青凤送蘑菇时那要哭的表情，赶紧说："杉果，我很喜欢你，但是这么多人看着，老师也不好意思一个人吃柿子呀。"

杉果猛然抬起头，一拍脑袋："对呀，对呀！"他把柿子往阿金手里一塞，说："你们等着。"

阿金觉得，杉果爬树肯定不比猴子慢。他从这根树枝爬上那根树枝，动作灵巧极了。小龙和桐子举着根顶端分叉的木棒，木棒上挂着竹篮。杉果摘下的柿子就放在竹篮里。

柿子树上矮一点的熟柿子很快就被摘完了。杉果往上爬。

"杉果，下来。"阿金喊道。

"老师，我摘完柿子就下来，每人一个。"

阿金看看周围的孩子和大人，瞪大了眼睛。这一句话的工夫，杉果已经爬高了不少。随着他的爬动，树枝抖动起来。阿金心想：万一这根树枝承受不了杉果的重量怎么办？

"杉果，你下来，别摘了。"阿金喊道，"老师把你摘的柿子偷偷带回学校去，一个人悄悄吃。"

四周爆发出一阵笑声。阿金心想：以后讲"哄堂大笑"的时候，我可以举这个例子。然后，她才反应过来，大家是在笑她。她想起自己刚刚说"老师把你摘的柿子偷偷带回学校去，一个人悄悄吃"，可是，有这么大声说"偷偷""悄悄"的吗？

阿金嘟嘟嘴，走也不是，留也不是。

"杉果，下来！再不下来，看我不告诉你妈，打断你的腿！"桐子阿妈走过来，冲着树上喊，又转过头来对阿金说，"老师，来啊，到我们家喝茶去。"

才不要，这么丢脸的时候，她只想回自己那间小宿舍去。

"桐子这几天天天在地上、墙上画画，也不知他在画啥，"桐子阿妈仿佛没看到阿金的尴尬，拉住她的手，"麻烦老师来看看。"阿金只觉得自己的手像是被钳住了，根本就挣脱不开。

桐子家离那棵柿子树不远，她们没走几步就到了。

茶端上来了，正是阿金喜欢的莓茶。阿金端着茶碗，小口小口地喝着。

桐子家的院子里，晒着辣椒，晒着萝卜，还晒着一竹筛的柿子。竹筛里晒的柿子，红得那么好看。

"柿饼做成后，我送给老师尝尝。"桐子阿妈说。

阿金脸一热，赶紧摇头，眼光都不知道落在哪里才好。在村里总是这样，她看向什么东西，只要是能吃的，大家就要送给她尝尝。她不是要尝尝，只是喜欢看着，那些蔬菜、那些野果，晒在筛子里，晒在院墙上，那么好看，眼睛一下就富足了。

"老师，你看，这些都是桐子画的，到处都是。"桐子阿妈说。

"呀！"阿金笑起来。桐子值得表扬啊，他在家做数学题呢。阿金在心里把桐子写的这些题算了一遍，嗯，还不错，对的多，错的少。

她把这事说给桐子阿妈听，桐子阿妈笑得合不拢嘴："哎哟，我的天，我家桐子会算账，我可就轻松了。"

阿金想起桐子阿妈说过，桐子阿爸一算账她就得给他熬草药洗头，不由得抿着嘴扑哧一声笑了。

从桐子家告辞出来，阿金就在村里逛了逛。这个时节，辣椒也红了，正是剁辣椒的好时候。人们常把辣椒洗净、晾干，再用刀细细剁碎，撒上盐，装进坛子里。阿金一路走，一路看到好几个阿婆坐在自家屋门口，在阳光里剁辣椒。刀剁在砧板上，下豆子雨似的，啪啪啪地响。阿金喜欢这响声。她凑过去，看阿婆们剁辣椒，和她们说说话。不知是不是年纪大了，阿婆们说话、做事，总是显得更从容。

阿金还看晒的被子、衣服。这些清洗干净的衣物在风中飘啊飘。那些绣上去的花纹在阳光里鲜亮耀眼。红的、黄的、绿的、蓝的线绣在一起，怎么就那么好看呢？

除此之外，阿金还看房子。一座一座房子各有各的样子。有的屋前种着花，有的屋后种着花，这一般得看井在哪里：井在屋前，花就在屋前；井在屋后，花就在屋后。有的房子前前后后又修了好些小屋子、小棚子。有的房子就是正正当当的几间大屋，只在旁边搭一间小柴房。有的房子新刷过石灰，白亮白亮的，有的却是一副风吹雨淋的老实样子。住得久了，这些房子也和房子的主人看着相像了。

回到学校，阿金走得浑身发热，脱下了小棉袄。

那是什么？

石板上，放着一个红红的大柿子。

阿金拿起柿子，在衣服上擦擦，打开门，也不进去，就坐在门槛上，慢慢吃这个柿子，好甜。

第十一章 守护溪村的凤鸟

1

　　阿金一日一日地散步，一日一日地把村子看熟了。她的脚也认路了，不用细细辨认那些七拐八拐的小路，也不用再给自己找路标了。

　　她常常不自觉地走到阿婆家，喝口热茶（阿婆总是泡花茶给阿金喝，和莓茶一起泡。暖阳里，看着那些晒干了的花，在热气腾腾的水里一点点

打开花瓣，阿金总有一种说不出的感动），和青凤说说话。

天气变冷后，青凤忙了起来。阿金每次去阿婆家的时候，青凤不是跟着阿婆在画图样，就是跟着阿婆在认草药，或者是在布上练习绣花，或者是在默默背诵着什么。

阿金不想打搅，就坐在院子里看小龙教阿笨跳绳。

"阿笨，阿笨，你聪明点好不好！"

小龙这么一嚷嚷，阿金就笑。阿金一笑，青凤就从屋里跑出来。青凤跑出来，院子就热闹了。

没多久，柚子成熟了。

阿金走到哪儿都能闻到柚子的香味。大家不但吃柚子的果肉，还整天拿着柚子皮刻来刻去。

"这是我们的雕花茶，刻好后，要先泡。"阿婆一边拿着刻刀在柚子皮上刻着花纹，一边说，"天冷，泡着喝，又甜又润。"青凤和阿金在旁边看，不同的是，青凤手里也有一把小刻刀。

"青凤不要伤到手。"阿金说。

阿婆笑："阿婆也是打小就学雕花，不会有事的。"

一只鸟雀在阿婆的雕刻下出现了，还有一朵花。

"这是什么花？"阿金问。

"牡丹。"

"牡丹？可溪村没有牡丹花呀。"

"牡丹花是富贵花，开在我们的大平原上。花开富贵。"阿婆在牡丹花边又添了几"笔"，几片叶子就冒出来了，"这是我们的老花样子了，代代传下来的。"

阿金又去看青凤阿妈刻的花样子。青凤阿妈刻了大朵的牡丹，一朵一朵，开得热闹。

青凤也坐着雕花。那么小的一个女孩，拿着小刻刀在柚子皮上刻来刻去，一副很认真的样子。阿金觉得好玩，就凑过去看。青凤的刻刀在柚子皮上左刻刻右刻刻，刻出一个图案，阿金看来看去也没看明白。

"这是刻的什么？"

青凤咯咯笑起来，说："阿笨。"

阿笨听到喊它的名字，摇着尾巴跑了过来。

"青凤！"阿婆喊道。阿金很少听到阿婆用这样严肃的声音说话。青凤赶紧换了一块柚子皮："阿婆阿婆，我知道了。我这就刻凤鸟。"

阿金不好意思再坐，就起身要告辞。阿婆叹了口气，说："阿金，你坐。青凤是我们的小凤鸟，今年她开蒙了，要学着做雕花茶，样子错不得，她得好好练习。"

"阿婆，我错了。"青凤放下刻刀，乖乖站起来道歉。

阿婆摸摸青凤的头。

阿婆正在老去，青凤却还那么小。她们似乎承担着与她们的年纪并不相称的责任。阿金心里一酸，差点冒出眼泪来。

　　"阿金要试试吗？"青凤阿妈问，声音很温柔，"雕花很有意思的，我们从小就跟着大人做，跟着跟着就会了。"

　　阿金看看青凤阿妈。青凤阿妈微微笑着，眼神明亮。阿金想起踏月的那个晚上，她偏着头跟小龙说话，头上银簪晃动，身影活泼。

　　"好啊。"阿金听到自己说。

　　雕花果然很有意思。手里有活，有一搭没一搭聊天更有意思，她们从雕花说到挑花，再从挑花说到过年，不知怎的就说到了阿金的阿妈。

　　"阿金的阿妈在家爱干什么呢？"阿婆问。

　　阿金停下手里的活，看着阳光下的山野。阿妈整天忙东忙西，干地里的活，干家里的活，她爱干什么呢？"阿妈啊，她大概爱缝衣服吧。"阿金也不太确定。她记得小时候阿妈给她缝过一件花棉袄。晚上，在油灯下，阿妈先用布缝成布绳，再盘出花一样的扣子。盘扣子时，阿妈一直哼着歌。阿金一直记得这件事。

　　阿婆叹了一口气："你阿妈也是个劳累人。"

　　阿金低下头去，免得让阿婆看到她的眼泪。

　　"阿金到我们溪村来，阿妈记不记挂？"

阿金点头。

"阿金家的阿妈长什么样子？"青凤问，"也跟阿金一样好看吗？"

阿金抬头看了看青凤水灵灵的眼睛。"我阿妈才好看呢。"阿金骄傲地说，"大姐像阿妈，是我们三姐妹里长得最好看的。"小时候阿金就被说长得最不像阿妈，这让她又生气又伤心。

青凤阿妈惊叹："那大姐得多好看啊！"

这惊叹让阿金小小的心思得到了大大的满足。她抿着嘴有些得意又有些害羞地笑了。

聊着天，做着事，有意思。

青凤阿妈说，雕花茶也有用冬瓜皮来做的。不过，阿婆说，柚子皮顺气健脾，更适合冬天吃。

将雕好的柚子皮漂洗后，用糖和蜂蜜腌制，然后在太阳下晒得干透，就可以装进瓷坛里收起来了。阿婆给了阿金一小坛，说那是她亲手做的。阿金想推辞。阿婆说："冬天泡着喝，健脾润肺，喝着舒服。"阿金红着脸收下了。阿金心想：阿妈一到秋冬季节就有些干咳，要是花茶能润肺，她喝点会不会好些呢？

做过花茶，阿金觉得自己也算是多学会了一门手艺。现在，她挑花也挑得不错，为宿舍门槛和门前那块石板缝的垫子

绣上了图案，珍朵阿妈还特意约着青凤阿妈来瞧，说是"听说花样子很好看"呢。

2

下一次雨，天就变得冷一点。

屋外的石板上，水嫩嫩的白菜和胖乎乎的萝卜总是有的，有时也会有甜丝丝的橙子、几颗板栗、几个红薯、一小把干蘑菇，有时还会有小瓶的果酱——新鲜的浆果已经和秋天一起离开了。

一天，老主任给她送来了满满一筐木炭。晚上批改作业的时候，她不再挨冻了。一天的工作做完后，她喜欢在黑乎乎的屋子里看燃烧的炭火。

炭火那火红的颜色和它散发的温暖一起暖着阿金。

课本一页页翻过。终于，有一天，新课学完了。阿金合上书，看到天阴沉极了，教室里光线昏暗。她去拉开关，灯没亮，课是没法儿上了。

风一阵紧似一阵地刮着，吹得玻璃在窗户上抖动。教室里冷极了。她看看蚕豆和笋子，问："你们要不要先放学？"

蚕豆皱着眉头，跑到教室门口盯着天空仔细看。大家不看书，都盯着他看。

过了一会儿，蚕豆摇摇头，回到自己座位上："这会儿山上可能在下大雪。老师，山上的大雪很可怕，大得你看不清路。我们要是遇上大雪，迷了路，就危险了。"

阿金点点头："你们今晚就留在学校。好，大家别看书了，把书包收拾好，赶紧回家去。"

炭火生起来，阿金把窗户留了一条缝。

这也算是阿金第一次招待客人，她烤了糍粑，还拿出一小块腊肉。腊肉是蚕豆烤的。他从书包里拿出小刀削腊肉。他居然带着小刀！阿金愣住了。

"老师，阿爸让我带的。"蚕豆看到阿金的表情，立马解释道。

"那也不行。"

"老师，学区的刘老师知道的。"蚕豆急了，"以前的老师收走我的小刀，我阿爸到学区去找了刘老师。我们家住得远，要是……小刀能管用。"

阿金想起自己那次打板栗的事，说："以后到学校后，把小刀交给我，放学的时候再来找我拿。路上不准摘杉果，不准瞎逛，不准离开山路。"

她说一句，蚕豆点一次头，笋子也是。

他们态度这么好，倒显得阿金格外凶。凶也是必要的，该

说的必须得说。阿金又说："不许拿刀子玩，路上不能砍树枝……"

"老师，我们的小刀很宝贵的，不能用来砍树枝。"蚕豆小声说了一句。

"是的，老师，阿爸交代过我们，要保护好小刀。去年，杉果找蚕豆借小刀削铅笔，蚕豆不肯，他们俩还吵过一架呢。"笋子说。

"去年你都没上学，你怎么知道的?!"蚕豆大声说了笋子一句。

"我就是知道。"笋子才不怕他。

"不要吵，吵架是不对的。"阿金说。

"我知道，老师，我们早就和好了。我可以烤腊肉了吗? 现在火候正好。"蚕豆说完，吞了好几口口水。

阿金拍了他一巴掌："烤吧。"

蚕豆烤腊肉真是烤得又快又好，他把腊肉削得纸一样薄，腊肉几乎一到火上就烤熟了，把烤好的腊肉铺在糍粑上，怎么闻怎么香。

蚕豆能吃，一口气吃了两个大糍粑。阿金不敢给他吃了。他眼巴巴地看着笋子手里剩下的半个糍粑。笋子瞥了他一眼，转过身去，慢慢吃。阿金扑哧一声笑了，只好再拿出一个糍粑："只许吃半个。"

"那剩下的半个呢？"

"笋子，你还要不要吃？"阿金问笋子。笋子摇摇头，蚕豆笑了。"我吃。"阿金说。蚕豆做了个鬼脸。

"蚕豆，你们怎么走这么远的路来这里上学？"

"阿爸说，溪村好。"蚕豆熟练地烤起糍粑，"我阿爸是猎人，我们家住在山里。从我们家到溪村要走一小时，到另一边的豆村，也得大半个小时。阿爸说，溪村的阿婆和老主任都是信得过的人，我们就来这里上学了。"

这样啊。

"老师——"

"什么？"

"你听。"

屋子里一下安静了，屋外传来窸窣声。

阿金不敢置信地跑过去打开窗。不知什么时候，外面下起了雪，地上有些地方已经有浅浅的一层了。

"山顶肯定在下大雪。"蚕豆说。

"蚕豆，你怎么会看天气？"阿金觉得奇怪，蚕豆还小呢。

"我阿爸是猎人，整天在山里走，知道山顶和山下的天气差别很大。我阿爸还说了，如果在山顶遇到暴雪，一定不能动……"

"不动，那不会……"

"不会，暴雪下不了多久，等雪停了再走。"

蚕豆懂这么多啊，阿金好佩服。

空气里的寒意加重了。阿金又添了几块炭，让火旺起来。下了雪，空气似乎变甜了。窸窣声渐渐变成了簌簌声。

三个人都没有说话。不知哪里传来一声鸟叫。

"老师，你会飞吗？"突然，笋子问。

"什么？会飞？不会！"阿金觉得有些莫名其妙。

"他们说，你晚上会变成凤鸟，像阿婆一样，飞起来。"

阿婆会飞起来？怎么可能！

"老师，你不知道阿婆是谁吗？"蚕豆问。

阿婆是谁？阿婆就是阿婆啊。

"阿婆是守护溪村的凤鸟。溪村，有自己的守护者，所以这里一直都很好。"蚕豆说，"我爸换粮食，最喜欢到溪村来换。他说，这里的粮食比别处的好，吃了不乱生气。"

阿金笑出来，还有这样的事！"阿婆是守护溪村的凤鸟"，这个说法她还是第一次听说。她知道的是，在溪村，阿婆说话比老主任还管用。

"青凤也是一只小凤鸟。"笋子说，"他们说，你也是。你是金凤鸟。"

"我？我都不是溪村人。"阿金说。

"他们说，你有一条绣着凤鸟的围裙。"

"是的。"

"凤鸟的图案，在溪村只有守护者才能用。"蚕豆呼哧呼哧地吹着手里刚烤好的糍粑，"他们从没送给过外人。"

阿金想：原来是这么珍贵的东西，那必须得赶紧还回去。

"据说，金凤鸟一来，溪村就会变得很好很好。老师，你当凤鸟了，是不是就不走了？"笋子问。

阿金想起一个人在家的阿妈（虽然天冷了，但不到腊月年边边上，阿爸是不会回家的），觉得心里乱成一团麻。她没有回答，而是小心地用灰把炭火掩好，说："快吃，快吃，该睡啦。"

3

第二天，山野全白了。

阿金可喜欢雪了，走一步，脚下就咯吱响一声。从宿舍走到教室，她走得满心欢喜。

孩子们带着小提篮来上学。提篮里有个陶罐，陶罐里烧着炭火。阿金看了，脑海里只冒出一个念头：我们小时候怎么没想到可以这样呢？不过，孩子们在教室里追追打打，要是踢翻了提篮怎么办？她把所有的提篮收到一起，摆在教室两边，座位集中摆在中间。有了炭火，教室里暖和些了。

课一节一节上过去，阿金发现，今天孩子们都特别听话，课堂纪律也很好。做阅读题的时候，杉果简直要把脸埋到书里去了。她不得不提醒他，并不是眼睛离书近了，题就会做，要注意保护眼睛。

放学的时候，蚕豆阿爸来了，来接蚕豆和笋子。阿金给他们俩布置了好几天的作业，让他们俩等天晴了再来："反正是复习，在家复习也一样。"

天气阴沉，晚上或许还会下雪呢。

蚕豆他们走后，青凤来找阿金，说请她去家里吃饭。

"下雪了，阿婆煮了豆粥。"青凤说。

阿金想起那条围裙，答应了。她和孩子们一起，走在去往村子的路上。

下雪了，打雪仗是少不了的。阿金举起双手："我不参加。"

哈哈，打雪仗是说不参加就能不参加的吗？被不小心打中四次后，阿金蹲下来，捏起一个雪球，扔了出去。雪地里爆发出一阵欢w呼，大家你追我赶地跑起来。

等走到村口，每个人身上都有被雪球砸中的痕迹。阿金的那点心思，被这一路的尖叫声给闹得不见了。

那一个个小小的院落，被雪一盖，被冒出的缕缕炊烟一点缀，显得格外迷人。耳朵听过去，耳朵就舒服了；眼睛看过

去，眼睛就美了。

阿婆的豆粥是用赤小豆煮的，沙沙的，喝下去全身都暖烘烘的。阿金还有滋有味地喝了一碗萝卜汤，就着洋芋丝吃了半碗饭，吃得饱饱的。

小龙在院子里喊："又下雪啦。"

阿金看向门外，雪纷纷飞扬。

青凤收拾桌子，屋子里只剩下阿金和阿婆。阿婆往火塘里添柴火。柴火烧得噼啪响，屋外飞雪簌簌飘落，小龙在闹，青凤在笑，阿笨在叫。

雪真是奇妙的东西。下雪的时候，村庄一下子安静了许多。在这个柴火熊熊燃烧的雪夜，阿金觉得又欢喜又宁静。

她不再想说围裙上凤鸟的事情。何必急着说呢？她要在这里待一整个学年呢。

阿婆把落在地上的灰烬收拾好，转过头来，看到阿金趴在长凳上，睡着了。

"这孩子！"阿婆摇摇头，笑了。

第十二章

满村花开，金凤自来

1

没想到山里的一场雪下下停停，会持续这么久。等雪彻底化了，天晴起来，就要期末考试了。

杉果很紧张，跑到阿金的宿舍找她："老师，你给我点题做吧。"

"杉果，你这个学期学得不错，能考好的，不用着急。"

"我能得优秀吗？"

阿金迟疑了一下，杉果得个及格是肯定没有问题的，但得个优秀，她没有把握。要知道，八十分以上才算优秀呢。

杉果瘪着嘴，肩膀耷拉下来。

"你为什么想得优秀呢？"阿金觉得很奇怪。说实在话，杉果在学习上从来没有过这样的"远大理想"。

"哼！下雪前，我们家来客人了，是我表哥，他在镇上上学。他现在的老师前年教过我们。他告诉我，他们老师说老主任说的学生考优秀的标准，是不可能完成的，还说我们考不好是因为我们笨、贪玩，不是老师不会教。"杉果说着说着难过起来，"老师，你说，是我们笨吗？"

阿金心里火辣辣地难受，这群孩子，她一天天教过来的这群孩子，有皮的，有闹的，有不认真的，可笨的，没有！

就说杉果，虽然他阅读题做不好，但学校里的事就没有他出不上主意的。

再说桐子，这个学期的数学成绩提高了很多。

青凤就不必说了，教什么会什么，很多没教的她都会。（阿金用自己学到的那点乐理知识，教会了青凤识简谱。青凤识得简谱后，不用教就会唱音乐书上的新歌了。）

蚕豆呢，他现在是学校里的天气预报员。

小龙呢，他上次写出的作文——《我的老师》，让阿金偷

偷乐了好久。

．．．．．．．．．．．

"老师？"

阿金回过神来，生气地说："杉果，你们不笨，你们聪明着呢。那个老师——是个臭老师！"她从小就不会吵架，以至于这么生气的时候，也只是说了句"是个臭老师"。

蚕豆大笑。

"对，他是臭老师。老师，你是香老师。"他说着，朝正在操场上玩闹的同学喊道，"我们老师是香老师。"

操场上顿时响起一阵"香老师"的喊声。这喊声在山谷间回荡，让阿金哭笑不得。

2

期末考试的试卷是青凤的大胡子阿爸从镇上拿回来的。

"阿金老师，你看，都好好的，口子封得好好的。"大胡子阿爸说。

所谓的"口子封得好好的"，就是装试卷的信封口用薄薄的白纸贴了一道，白纸一撕就能破。

"刘老师不肯封口，说信得过我们。"大胡子阿爸嘿嘿笑，"光他信得过不行，老主任说了，孩子们这次要考得好，得让

人没话说。"

还没考试呢！

阿金眨眨眼，不知道说什么才好。

"阿金老师放心，孩子们这次准能考好。"大胡子阿爸说。

唉，他不说还好，一说，阿金才知道，村里人原来都在等期末考试的成绩呢。

"我们跟镇上打了个赌，我们要是赢了，他们就给我们一百斤糍粑。"

还打赌！阿金一阵头晕，试探着问了一句："那要是输了呢？"

"我们给他们两百斤糍粑。"大胡子阿爸大声说，"放心，阿金老师，我们输不了。我们本来还想跟豆村打赌来着，他们精明得很，不跟我们赌。哈哈哈，一百斤糍粑！"

阿金顿时觉得拿在手上的试卷，是一百斤糍粑，也可能是两百斤。

"阿婆知道打赌的事吗？"她抱着最后一丝希望，问。

"知道。"大胡子阿爸一拍巴掌，把她最后这丝希望拍碎了，"我们没跟她说，但村里的事很少有我阿妈不知道的。"

唉——

很快，期末考试的时间到了。

孩子们来得挺早，一个个又紧张又兴奋。看来，打赌的事情他们即使不完全知道，也了解了个八九不离十。

五年级的孩子们把座位间距拉开，一年级和三年级的孩子穿插着坐。怎么坐，好说，但监考的老师只有她一个呀。

"你们大概也知道家长们和镇上打赌的事情。"说到"家长们"时，她不禁加重了语气，太气人了，"这是他们的事情，和你们无关。大家好好考试，像期中考试那样，认真答题，不许偷偷说话，不许偷看别人的答案。"

"那——"杉果举手问，"要是我没考好怎么办？"

阿金沉默了一下："我们都得诚实地对待自己。你们把自己会做的题目做好了，按要求在试卷上写好自己的班级和姓名，这就是考好了。我知道你们都想考优秀，不管是不是为了赢得这场打赌……"

"我们想证明你是个好老师。"桐子说。

阿金看看窗外，冬日的阳光洒满山野，那么温暖。

"你们诚实、善良、勇敢，才是最重要的。"

孩子们坐在那里，看着她。他们的脊背挺得更直了。

阿金将试卷发下去后，并没有守在哪一间教室里，而是两边走走，更多的时候，她站在操场里，站在冬天的阳光里。站在那里，她能看到一点两间教室里的情形。教室里，孩子们有做题的，有咬笔头的，有偏着头想问题的，但没有左顾右盼的。

阳光晒在身上，好暖和啊。

3

老主任跟阿金说，考试试卷让桐子阿爸送到镇上去，反正就要放假了，她不必跑这趟，等放了假再回家去。

阿金没答应。她有段时间没回家了，想回去看看。再说了，过两天就是阿妈的生日，这是她上班后阿妈过的第一个生日，她想回家给她庆祝一下。阿爸在外打工还没回来，大姐和三妹都在学校没放假。她想给阿妈过一个生日。她和老主任商量，想将出成绩的时间往后推一天，这样她就不用太赶路。

老主任一口答应。孩子们都在村里，早一天晚一天出成绩有什么关系。

阿金到镇上把试卷交给学区的刘老师，带着装在小瓷坛里的雕花茶回了家。

阿妈虽然嘴上说阿金这么跑太费事，但满脸的笑意挡都挡不住。生日这天，是阿金做的饭。阿妈一个劲儿夸阿金能干了，粥煮得尤其好。能不能干吗？阿金在学校做了一个学期的饭呢，虽然很多时候都是烤糍粑、煮粥。

饭后，她泡了雕花茶。

"这茶好喝！"阿妈笑眯眯地喝着茶，满意地说，"我们家

二妮子能干了，也漂亮了。"

阿妈不会瞎夸人，阿金听得心头乐呵呵。

"看来，那个溪村不错……"

"溪村不错"和"漂亮"有什么关系？

"你呀，从小就是个老实孩子，不管高兴还是不高兴都不会表现出来。你看你现在，人家夸你，你就笑。这说明你日子过得舒坦，不憋屈。你这么个老实妮子能在溪村过得舒坦，那溪村就肯定是个好地方。"阿妈说出一串话来。

阿金一想，真的是这样！她笑着把最近考试的事情讲给阿妈听，打赌的事情也说了，还说了围裙的事。

阿妈笑个不停："我听你阿爷说过，山里有些村寨有自己的传说，这凤鸟啊，估计就是他们溪村的传说吧。"

"阿妈，你说我是不是应该把围裙还给阿婆？我只待一个学年就回来，拿着不合适。"

阿妈想想，说："你把打算跟阿婆先说说，围裙别急着还。送出去的东西，又被还回来，那是打脸的事情呢。原本我想让你回家来，也是担心你。你离家那么远，又一个人管着一个学校，我不放心。有时半夜下雨，我担心你害怕，一整夜都睡不着。你这孩子，也不知咋回事，从小胆子就小……"

阿金心里一酸，眼泪涌了出来，赶紧把头低下去。

"阿金啊，你在那儿好就好……人啊，得自己学会适应

新环境……把自己的日子过好才好……"阿妈给阿金擦去眼泪，"别担心阿妈，阿妈身体好着呢……我们家小妞儿长大啦……"

4

这天晚上，天色阴沉。第二天一早，阿妈就催着阿金出发了："恐怕要变天，你赶紧回学校，放假了再回家来好好住。"

阿金担心天气变化，也惦记孩子们的成绩，就急急忙忙出发了，比计划的时间提前了一天。

坐车，转车，坐车，这次居然比以前要顺利，阿金提前到了镇上。学区的刘老师一见到阿金就笑。阿金心里怦怦直跳。

"试卷刚被拿走了，"他摊开两手，"老主任来拿的。你看看他在不在修鞋铺那边，或许你们俩能搭伴一起回学校。"

"修鞋铺？"

"来来来，我带你去，这天气不好，山路也不好走，你有个伴，我也放心些。"刘老师大步走在前面，阿金赶紧跟上。

修鞋铺在小镇的一个角落里，一个老师傅坐在里面，正在敲打一双木屐。

"溪村的老杨呢？"刘老师问。

"刘老师啊，老杨刚走，刚走。"老师傅说。

刘老师急忙去追，阿金跟着跑。他们好不容易在出小镇的路上看到了老主任的身影。他背着背篓，踱着步子，看起来心情很好。

"老杨，老主任——"刘老师喊道。

就这样，阿金赶上了老主任，搭伴一起回学校。

"阿金老师啊，你早回来了一天，早回来一天好，我们还担心明天的天气呢。"老主任心情很好，一路说一路笑，"阿金老师啊，别人输给我们一百斤糍粑，我们呢，留住了自己的两百斤糍粑，这样我们岂不是赢得了三百斤糍粑！"

啊？账还可以这样算！

可惜，他们没笑多久，就起风了。

老主任一见风就收了笑，加快了步伐："阿金老师，快，我们得快走。"

阿金从没走这么快过，她简直就是一路小跑着追赶老主任。行李一点点"跑"到老主任的背上。她本来想拒绝，老主任年纪比她大那么多呢，可看见他满脸严肃，就又把话都吞了回去。

天色一点点黑下来，他们赶路的速度也慢下来。主要是阿金，她真的走不动了。

过了前面的垭口，就快到溪村了。

"喘口气。"老主任说。他从口袋里掏出一块肉干递给阿

金。阿金摇摇头，从包里拿出一包南瓜饼，这还是阿妈一大早起来煎的呢。他们分着吃了。

"阿金老师，要不咱们从这条路往那边拐吧，那里有几户人家……"

阿金摇摇头。走了这么远的路，眼看就要到学校了，她哪儿都不想去，只想在自己那间小屋里美美地睡上一觉。

"那咱们继续走吧。"

这是阿金走过的最辛苦的一段路。他们越爬越高，风也越来越大，寒气逼人。

"不能停！"老主任吼道。

阿金这才知道自己靠到了路边的树上。

她机械地迈着脚步，不知走了多久。突然，什么东西飘到了她的脸上，一阵清凉。

"该死的！"老主任骂道。

呀，下雪了！

雪花最初还是片片飘落，几分钟后就成团成团地"砸"下来，"砸"得阿金的眼睛都睁不开了。她的脚也感受到了雪的分量。

原来雪有这么重啊！

"停！停！不要动！"她听到老主任在吼。

她停下来，这才感到紧张。这一眨眼的工夫，雪已经把她

的脚盖住了。

"来，靠着棵树，咱们歇会儿。"

他们背着风，靠着树，结实的大树让阿金心里踏实了一点。

她看着自己呼哧呼哧喘出的热气，使劲想：谁说过山上的暴雪不会下很久呢？

她怎么也想不起来。

汗湿的衣服贴在身上，冷得人发抖。

"阿金老师啊，你知道吗？我们村啊，以前是住在平原上的，后来被赶到了这里。

"我们的平原上，粮食满仓，牛羊成群。

"那里是种下一颗种子，能收回一斗麦子的好地方啊。"

阿金隐约想起来踏月那晚女人们唱的歌："我们从北来，我们曾有天一般宽的地，我们曾有牛羊满坡的家园……"

"那些衣裙上……"

"对，女人们把我们的过去绣在衣裙上，又将过去编成歌唱出来。我们是诗书传家的大族……我们不会忘记过去。

"我们用过去激励我们的孩子，要知书，要达理。可惜啊，一代代窝在山窝里，见识越来越少。孩子们得读书啊……阿金老师啊，你是个好老师……"

"可是，可是我……一个学年……就可能……"阿金说话

声音很小，话没说完就被风吹散了。

说话间，雪已经到了膝盖。雪成团成团地"砸"下来。一米之外的事物，他们已经看不见了。

阿金觉得特别冷。

"山下肯定也下雪了。我们溪村下过雪，美得很。"老主任说，"阿金老师啊，你喜欢我们溪村吗？"

阿金点头，老老实实地说："喜欢。"

"喜欢什么呢？"

"溪村好看。"阿金说。

"对，我们溪村啊，就是好看。还有呢？"

"人好。"

"对，我们溪村啊，人都好。还有呢？"

"孩子们好。"

"对，我们溪村的孩子啊，个个都好！还有呢？"

看到村主任这么理直气壮，阿金笑起来。老主任也笑起来。他们越笑越厉害，把树枝上的积雪也给震落了。

他们笑累了，雪还在一个劲儿地往上积。阿金心里害怕起来。

"看——天开了。"

阿金抬头看，天还是那么阴沉啊！

"别怕，下不了多久了。"老主任又重新有了精神，"想想回到村子吃点啥？"

阿金一听这话就馋了，她说："烤糍粑，撒上红糖。"

老主任大笑："你来我们村，真是来对了。我们村的糍粑最好吃。"

阿金抿着嘴一笑："不是洋芋丝吗？"

"洋芋丝也是。"老主任得意地笑。

后来过了很久，阿金才知道，老主任说的都是大实话，溪村的洋芋和糍粑，确实是顶呱呱的。

"雪小了。"老主任说。

真的，雪不再成团降落了，而是片片飘落。

很快，雪停了，云破天开，月亮出来了。

"走啰，回家去啰。"老主任说。

雪积得这么厚，根本迈不开步子。

"阿金老师，给——"老主任把她的行李递给她。

啊？难道她得自己背下去吗？阿金心里发怵。路可真不好走。

"坐在上面，咱们滑下去。"老主任说。

啊！

老主任滑在前面，阿金跟着。一路上，她好几次撞到树，但有雪护着，穿得又厚，天也冷，不怎么觉得疼。她只感到滑行速度快得吓人，风呼呼从耳边吹过。她偷偷抬了抬头，

看到月光从枝叶间照下来，落在雪地里，照得雪地晶莹闪亮，那么美！

砰—— 一阵积雪冲她劈头盖脸地"砸"下来。

有人把她从积雪里挖了出来。

"阿金老师——"居然是大胡子阿爸，"我们正喝酒呢，突然听见砰的一声，原来是你们回来了。"

大胡子阿爸他们在村子最外面的那间路屋里。阿金走进屋子，火塘里的火熊熊燃烧着，她看到阿婆坐在火塘边冲她笑。

5

酒温在火塘上，糍粑也烤在火塘上。

老主任在等酒温好，阿金眼馋地等着糍粑鼓起来。

"今晚好大的雪。雪一停，阿妈说什么也要出去走走……"大胡子阿爸猛地一拍巴掌，说，"原来是老师回来啦！"

阿婆只是笑。

阿金觉得阿婆似乎有话要说。要说什么呢？阿金微微有些不安。

"这一路，辛苦啦。"阿婆说。

火光照在阿婆脸上，照亮了她眼里的关切。

真是，有什么好担心的呢！阿金不由自主地往阿婆身边挪

了挪。她突然想起那条绣着金凤鸟的围裙："阿婆，你们送给我的那条围裙……绣着凤鸟……"

"你喜欢吗？"阿婆笑着问。

阿金点头，她当然喜欢。

"我们的绣花围裙，是……"阿婆似乎一下想不出用什么词来形容，"嗯，在重要时候才穿的。"

阿金明白，这样的围裙是盛装，是在极为隆重的日子才穿的。

"我们村有句话，叫'满村花开，金凤自来'。"阿婆说，"金凤，是外来的凤鸟。阿金啊，你来到我们溪村，就是飞来的金凤鸟，是我们的客人。"

难道那条绣着金凤鸟的围裙，不是为了留下她吗？阿金心里说不清是高兴还是失望。

阿婆问："阿金啊，你喜欢我们溪村对不对？"

阿金使劲点头。

阿婆笑着拍拍阿金的手："我们都喜欢你。这个学期马上就结束了，我要来和你说句话：阿金啊，你想待在溪村，就欢欢喜喜地待下来；想离开呢，也欢欢喜喜地离开。"

"阿婆！"

阿婆摆摆手。屋子里一下静下来。阿金不知道说什么才好。远远传来的孩子们的笑闹声，在这样的雪夜里听起来格外

清脆悦耳。阿金听到了桐子的笑声，也听到了杉果的声音。还有谁呢？她找着青凤的声音。没有找到。青凤在做什么呢？

"阿婆说得对。"突然，老主任说。

大胡子阿爸咂咂嘴，也点头。

阿金看向阿婆，阿婆笑着又拍拍她的手。阿婆的手热乎乎的。阿金咬着嘴唇笑了，眼里亮起两朵小小的火焰。

酒香了，糍粑也香了。

阿婆倒了一杯酒给老主任："喝一点，暖一暖。"

老主任端起酒杯一口喝完杯里的米酒。大胡子阿爸给他满上，也给自己满上。他们喝酒，阿金捧着烤得鼓鼓的糍粑，咬了一口，满嘴都是米香味。刚进屋那会儿浑身被冻透了，她没觉得多冷，这会儿稍微缓和过来了，她才感觉到衣服被雪浸湿了，寒气逼人。她往火塘边靠了靠，一边吃糍粑，一边烤着自己的脚。

阿婆往火塘里添了根柴火："先垫垫肚子，过会儿我们就回村去。"

一团一团的热气从阿金的鞋子上冒出来，让她想起常常缭绕在山间的云雾。在这里，早有云生，晚有雾起，雨后也是云雾蒸腾。她抬头看向这个小小的村庄——厚厚的积雪盖住了山野，盖住了房屋，却盖不住家家户户屋里透出的温暖火光。没想到，暴雪后，溪村居然这样宁静和温暖。

她只觉得眼里、心里都很舒坦。

"阿金，喜欢看桃花吗？"阿婆问。

当然喜欢。桃花一开，沉寂了一个冬天的村庄一下子就粉了，就鲜亮了。

"我们溪村的山溪，是一道花溪。满村的人家，都沿着山溪种了树，种了花。春暖了，桃花、李花、梨花开了，花瓣飘到溪面上，水都是香的。"

啊，多美！

"那个时节，我们就做纸，把纸从水里一张张抄出来，在

阳光下晒干。我们做平纸，也做花纸，把落下的树叶啊，花瓣啊，都做进纸里。"

阿金记起来，学校宿舍的窗户上，还糊着阿婆做的花纸呢。那扇碎了的玻璃窗，换上了新玻璃，但纸阿金舍不得撕掉，她小心揭下来，又重新糊上去。没想到这纸的韧劲儿这么大，还好好的呢。

"花纸，有花的用途，图个好看。平纸就是平常的土纸，平平整整的。村里打制的年画，用的就是平纸。"

白雪覆盖的村庄的门板上、窗棂上糊着的红艳艳的年画，实在是好看极了！阿金提醒自己，放假记得带几幅年画回去。阿妈总嫌镇上机器印刷的年画太亮眼，溪村这种打制的老年画她见了肯定高兴。

"土纸晒出来的时候，橘子树开花了，橙子树开花了，柚子树也开花了。别看这些花小，香着哩。"

是的是的，阿金家就种了一棵橘子树。开花时节，她爱摘小朵的橘子花放在口袋里。为这个，阿妈还说过她。

"入了夏，这些树上都挂上了果子，小小的果子小娃儿似的，在夏天慢慢长大。挂果子的，还有桑树。孩子们猫在桑树下吃桑葚，吃得手啊，嘴啊，都紫了。我们也会将桑葚晒干，然后收起来，泡茶喝。阿金喝过桑葚茶吗？"

阿金摇摇头。

阿婆变戏法似的，从旁边的背篓里拿出一个小布袋："明天试试，茶汤颜色很好看。"

阿金觉得不好意思，但又想尝尝，纠结了一下，还是伸手接过了小布袋，低声说："谢谢阿婆。"

阿婆拍拍阿金的手："桑树挂果了，满村的花开得更多了。我们爱种鸡冠花，那个花呀，一开一大丛，红红火火的。"

阿金笑了笑，她家也种了鸡冠花呢。家里那只母鸡老爱在鸡冠花边的草丛里下蛋。

"指甲花也种。阿金染过指甲吗？"

阿金点点头。

怎么能没染过呢？大姐帮她染过。在黄昏的时候，家务活都干完了，大姐会拿出钵子来捣指甲花。不过，大姐总染不好。人家的指甲染了好几天后都还有颜色，就她们，第二天一早醒来，颜色就没有了。

"我们村后的山里，有个溶洞。洞里有种白石头，将白石头磨碎了，和指甲花的汁液混合在一起涂在指甲上，不仅颜色好，还留得久。"

"真的吗？"

"青凤阿妈指甲染得特别好，阿金明年可以试试。"

阿金心里小小地雀跃了一下，眉开眼笑地把剩下的糍粑塞进嘴里，吃饱了，就暖和了。

"再有啊，就是栀子花……"阿婆笑起来。阿金也笑，她记得刚来溪村那会儿，青凤每天都送栀子花给她。

"兰草也种。"

是的，兰草，阿金在村里见到过，也在田埂边见到过。兰草原本是很娇气的，阿爸想种，一直没种好过。这里的兰花却长得蓬勃茂盛，她第一眼都没认出来。

"还种蒲公英、金银花什么的，它们虽然花小，但是有药用价值。

"秋天，有山菊。山菊满山都是，不管在哪儿，都长得精神。别看花朵小，不显眼，但耐看得很，香得很。

"冬天花少。不过，冬天有雪花呢，那么多。哦，对了，我们冬日会把水仙养在堂屋里，水仙可好养了。"

在冬日里，水仙开得很水灵，好看极了！

不知什么时候，老主任和大胡子阿爸都不说话了。阿婆的话音一停，屋子里就静了。孩子们似乎闹得更欢了。也是，在这样的大雪天里，谁能忍得住待在屋里？

阿婆笑着站起来："我们回村吧。"大胡子阿爸抽出火塘里的木柴，在雪地里熄灭了。老主任用灰盖住剩下的火堆。

他们往村里走去。

空气凛冽清新，厚厚的积雪在他们脚下咯吱咯吱响。

不知哪里飞出一只鸟，翅膀一扑棱，抖落一树积雪，撒出一片雪雾。

村里，孩子在闹，狗在叫。

"月光哟——堂堂啊，花花儿香。月光哟——堂堂啊，雪花儿香……"

是青凤在唱歌！

阿金的脚步快起来。

"阿金啊，寒假过后，春天再来呀。"

后记

　　天黑得很快。

　　火塘里，篝火在燃烧，照亮了何老师的脸。

　　"天黑得很，真正的伸手不见五指。"何老师把手伸出来，比画了一下，"满天的星斗倒是灿烂得很。"

　　"晚上好静啊，静得能听到自己的呼吸声。村子在学校后面，放眼望去，一点灯火也看不着。"他嘿嘿笑了笑，有点不好意思，"心里着慌、害怕时，我就唱歌，对着东边吼，唱着唱着，月亮出来了，天地哗一下就亮了，白亮白亮的，山影都看得清清楚楚。"

　　"有时能听到对面山头有歌声，也许是哪个赶夜路的唱的。虽然嗓音粗哑，唱出来却真好听。可惜半个多月才听到这么一回……开始的时候，村里人给我送菜吃。哪好意思老要人家跑，我就自己种菜。地嘛，到处都是，跟村里说一声，开哪块都行。一年下来，种的菜都吃不完。我就种瓜，给孩子们当奖品。"

"日子是真寂寞啊。"他盯着篝火出了一会儿神，突然笑起来，"快乐也是真快乐。娃儿们的眼睛，一个个呀，黑亮得很，他们笑起来好看极了。"

他的笑容纯粹而灿烂。

在他的笑容里，我看到了父亲的笑容——他生于乡村，长于乡村，当了一辈子乡村教师；看到了金老师的笑容——他教过我的父亲，又教了我；看到了阿金的笑容——她是金老师的女儿，也是一名师范生，毕业后，到山里当了一名老师……我看到了一辈又一辈扎根于乡村的老师的笑容。

他们的样子和农民很像，回家脱掉上课时穿的"好衣裳"，披件破外套就下地干活。不同的是，他们的案头总有作业本和书，他们的言行举止温文尔雅，孩子们不敢在他们面前调皮——再皮的孩子在老师面前也会恭敬起来。他们的手拿粉笔，也拿锄头。他们在教室里说话，也在菜园里谈笑。他们对秋天微笑，更对春天微笑。

腊月里，他们拿粉笔的手挥舞着毛笔，写下全村的对联。很多个夜晚，他们坐在桌前疾书，应村民的请求代写他们需要的报告。他们是孩子的老师，也是村庄的老师。在我记忆中的贫瘠岁月里，他们有着和村民极度相融的清高和坦荡。

他们有喜乐，也有哀愁。

他们有得失，也有坚守。

在寂静的岁月里，他们坚守着自己的职业，一日一日，从不懈怠。

早读的铃声在晨雾中敲响，放学的铃声在夕阳中敲响，我们在这一头一尾的铃声里，学会了"人、口、手"，学会了"1、2、3"，学着成为一个小学生，学着长大。

写阿金的故事，是写我的怀念，写我的回忆，更是写我的喜欢和敬意。有老师，学校才是学校，小小的村庄才有了自己的希望。

花香沁人的"境界"

——读周静小说《遥远的花溪村》

南京师范大学文学院教授、博士生导师 谈凤霞

"中国式童年"写作已然成为当下本土儿童文学的一种风尚，汇合了各种地理和生活风貌、民俗、历史、人情的故事纷纷登场，或忆往或描今，或淡妆或浓抹，为儿童文学注入了鲜明的地域和民族的泥土气息。若要真正写出一方水土的质地、神韵和灵魂，是需要许多的积累、沉淀或陶冶，作家不仅需要有一颗热情的心，也要有沉静的心、智慧的心，才能在仔细躬耕"泥土"之后，精心栽种出生命力茂盛的文学"花草"。读湖南作家周静的《遥远的花溪村》，会惊喜地闻见一路的"花香"迤逦而来，沁人心脾，会由衷地希望从遥远的花溪村飘来的不绝如缕的花香，能漫溢到世界的每一个地方。

这部儿童小说以偏僻的湖南山村为背景，让我想起湖北作家刘醒龙的中篇小说《凤凰琴》，二者都是讲述一个年轻女教师到偏远山村任教及去留选择的故事，但是有着截然不同的气质，呈现了儿童文学与成人文学不同的着眼点和发力点。或可说，《遥远的花溪村》是《凤凰琴》的柔化版、净化版，祛除了《凤凰琴》的沉重、晦暗和苦涩，而有其独出机杼的柔和的纹理。在神韵上，《遥远的花溪村》更接近于湖南乡土作家沈从文的《边城》，恬淡质朴，明净澄澈。

周静擅长编织纯净柔美、想象奇妙的童话，这部轻拢慢捻的小说同样也有着童话的莹润。她的作品有着典型的女性气质，不知是不是受屈原写"香草美人"的影响，她酷爱写"花"，之前已有《一千朵跳跃的花蕾》《栀子花开了一朵又一朵》等。"花"成了她个性化的意象，不仅是故事的载体，甚至也成了形象的精髓，摇荡灵魂的芬芳。小说中阿金老师任教的溪村是一个远离闹市、坐落于山间的穷困之地，穷到学校只有三间房，穷到几乎留不住老师。但是，这个村子有它的美，有它的淳朴，有它的历史，并且有它的风骨。小说从山里小女孩青凤送给阿金老师的栀子花，一路写到秋天的山菊、冬天的"雪花"。花影花香，如云雾般缭绕着故事，既是山林乡野的靓丽风景，更衬托着山里人家的淳朴人情。故事中的每一个人物，无论年龄几何、身份如何，个个都可亲、可爱，亦如乡间生长的花草果木，天然盛放。这些花香弥漫在一个个故事里，穿起了阿金与山里孩子和村民间日益深浓的情谊，清馨怡人。

作者用一支轻灵的笔，从容地铺叙阿金在溪村的经历和感受。阿金渐渐看见这个地方的种种美景，走入朴实善良的山民人家，融入村庄的节日庆典，知晓山村的神秘传说。"凤鸟"是故事中另一个重要的意象：全村的宝贝——云板上有凤鸟图案，踏月时阿婆、青凤、阿金的漂亮围裙上绣上了凤鸟，阿婆教青凤在柚子皮上刻凤鸟，等等。关于"凤鸟"的书写如在云雾中穿行的月亮，时隐时现，到后来才揭开关于凤鸟的传说：原来，阿婆是守护溪村的凤鸟，小女孩青凤是小凤鸟，而在溪村认真教书的好老师阿金则被奉为"金凤"。小说最后一章《满村花开，金凤自来》，将"花"和"凤鸟"两种主要意象结合，贴切地表现了山里人和老师的亲密关系。山村孩子和大人们对老师的尊敬和贴心照顾，尤其是村民们盛装迎接、雪夜迎候老师归来等景象，照亮的是人们对知识和教育的热切渴望，也点燃了阿金对这片土地的亲近和爱恋。

溪村故事的叙述如风行水上，格调如散文、如诗歌，整部小说没有集中而激烈的矛盾，没有扣人心弦的情节，唯一的故事线就是阿金在山村的去留，但这个故事的演进也是悠悠缓缓，如溪水般婉转行进，自然流淌。同沈从文笔下的边城一样，溪村也是小说的一个主角，作者让阿金饶有兴趣地"浸入"溪村的风景、风物、风俗和风情：欣赏漫山遍野的花果、开阔璀璨的星空、铺天盖地的冬雪，品尝山民自家做的各种土产美味，参与庄重的节庆仪式，还听了当地的山歌——孩子们唱的短调轻快明亮，大人们唱的长调深沉饱满，诉说着村落的历史和愿景。小说就这么不急不躁地一路向前，途中色、香、味、音等一应俱全，使得故事更加有声有色、有滋有味、有情有义。这些感觉化的书写多用白描，朴素、简约，文字像是被泉水洗过、被花香熏过，读来清清爽爽，又唇齿留香，就像她描写被雪覆盖的院落那样："耳朵听过去，耳朵就舒服了；眼睛看过去，眼睛就美了。"这部作品就像是故事里的溪村人从花溪里捞出来做的花纸，纸里面有着花瓣和树叶，生动美妙。

王国维在《人间词话》中提出"境界说"："词以境界为最上。有境界则自成高格，自有名句。""能写真景物、真感情者，谓之有境界。"他把境界分成"造境"和"写境"，"此'理想'与'写实'二派之所由分。然二者颇难分别，因大诗人所造之境必合乎自然，所写之境亦必邻于理想故也"。依据此说，周静的《遥远的花溪村》称得上是"有境界"之作，融合"造境"与"写境"，合乎"自然"与"理想"。花溪村，何尝不是迷路的现代人所追念的一方精神故乡？被迫迁徙到山窝里的曾经"诗书传家的大族"迫切地希望孩子们奋发上进，也熔铸了时代发展的声音。在周静心目中，"儿童文学是关乎人类童年的文学。它向善、向美、向光。所有的题材，在儿童文学的表达里，总是有着特别的光与暖，有着无限生长的希望"。凝聚了人类栖居理想的花溪村，显然是她文学理念的又一个皎洁的映照。

诗化小说《遥远的花溪村》洒满了许多朴实动人而有趣的情境，尤其是山野自然与人的交融，纯真的小孩子和大孩子般的老师的交往。孩子们亲近并呵护老师，还带领老师采蘑菇、捉鱼等，而初出茅庐的阿金对山村孩子有着发自内心的喜爱和理解，所以她的教育方式也朴素本真，和学生之间融洽和美。故事中有一幕：放学前下大雨，阿金和孩子们一起坐在教室门槛上看雨、听雨，他们坐在被大雨包围的"岛"上，相互依偎着。这幅师生相亲、天人合一的情境，真是一道养眼养心的文学剪影。读到这里，我们的心会安静下来，坐到那乡村的门槛上去一起看雨，闻见迢迢而来的隐隐花香，或许还会听见清亮的童声在唱："月光哟——堂堂啊，花花儿香……"